Pierre

La isla de las Damas

Apuntes para una novela erótica

Traducción de J. C. Calvados

ALCOR

Título original: *L'Île aux Dames*
Revisión de la versión castellana: Juan Giner

Colección dirigida por Rubén Krause
Diseño gráfico: R. Sanmartí
Ilustración: Grabado en color anónimo

Gran Via, 774, 7.º, 08013 Barcelona
ISBN 84-270-1403-1
Depósito legal B. 3621-1990
Fotocomposición: Pomertext (Baskerville, cuerpo 10.5/4.65)
Impresión: Libergraf, S. A., Constitució, 19, 08014 Barcelona

Impreso en España — Printed in Spain

Introducción

Todavía hoy, la inmensa obra erótica de Pierre Louÿs dista mucho de ser conocida en su totalidad. Durante casi treinta años (es decir, aproximadamente de 1890 a 1920), el escritor amontonó en los cajones de su mesa una enorme cantidad de manuscritos que representaban su producción clandestina: poemas, diálogos, obras de teatro, novelas, cuentos, narraciones cortas, etc. Miles de páginas que nunca vieron la luz en vida de Louÿs, quien sin embargo tenía reputación de novelista audaz y libertino, como muchos lectores han podido comprobar en Canciones de Bilitis *(1895),* Afrodita *(1896) y* La mujer y el pelele. *Un año después de su muerte aparecieron, publicadas como novelas,* Las tres hijas de su madre *y* Manual de urbanidad para jovencitas (De utilidad en instituciones educativas), *textos explosivos cuya calidad se vio confirmada el año siguiente con los títulos* Pybrac, Poèmes érotiques, Douze douzaines de dialogues *y* L'Histoire du roi Gonzalve et des douze princesses.

Este conjunto de obras permite calibrar hasta qué punto Louÿs se hallaba comprometido en la producción de textos eróticos, y en qué medida algunos de sus libros llevan la audacia hasta la provocación más absoluta. No obstante, es preciso señalar que los casi veinte volúmenes que vieron la luz desde 1926, en realidad sólo representan una parte de cuanto escribió Louÿs, lo cual plantea no pocas dudas sobre

si lo inédito no será superior, en cantidad, a lo publicado. Tal es el caso, por ejemplo, de una novela y de más de dos mil versos pertenecientes a Pybrac, *sin contar las decenas y decenas de poemas eróticos, o los innumerables diálogos y cuentos manuscritos propiedad de coleccionistas particulares o que circulan por las librerías especializadas. El volumen de escritos eróticos redactados por Louÿs es tan vertiginoso, que no resultaría extraño que viéramos aparecer en los próximos años un determinado número de obras inéditas, siguiendo los pasos de* La isla *y de los restantes textos que aquí presentamos.*

Por otra parte, todos estos textos son mucho más variados de lo que en principio podría creerse. A diferencia de otros escritores, Louÿs no se encasilló en un solo género literario, sino que, haciendo gala de un gran ingenio, consiguió multiplicar las experiencias revistiéndolas de las formas más diversas: poemas, relatos en verso, diálogos, piezas teatrales, novelas, madrigales, monólogos, autobiografías, etc. Si tomamos como ejemplo los poemas, en ellos la variedad es extrema y se observa un constante cambio de tono y de registro. Contemplada en su conjunto, esta obra clandestina (o al menos lo que de ella conocemos hasta ahora) ofrece un panorama completo del arte del escritor; en este sentido, incluso puede parecer más acabada y representativa que la obra «oficial» de Louÿs, compuesta esencialmente de poemas y de cuatro novelas. Más aún; es indudable que fue en su obra clandestina donde Louÿs encontró el mejor modo de realizarse y de abandonarse a todos los impulsos que habitaban su espíritu.

Sea como fuere, y según ha señalado Jean-Paul Goujon en su reciente biografía,[1] *Louÿs era por naturaleza un ser*

1. Cf. Jean-Paul Goujon, *Pierre Louÿs*, Éditions Seghers-Pauvert, París, 1988.

tan complejo como enigmático. A este gran obseso —dicho sea sin la menor intención irónica o condescendiente—, la literatura erótica, en cuanto materialización de los fantasmas irreprimibles, le permitía superar las contradicciones y entregarse al juego lingüístico que tan hondamente le fascinaba. Su imaginación, que se sentía cohibida en el marco excesivamente estricto y convencional del poema o la novela «oficial», podía expresarse sin límites en estos textos dominados por los dos temas que más le seducían: el de la mujer y el del amor. Así pues, resulta comprensible que Louÿs se entregara sin freno a esta pasión, y que cediese con tanta frecuencia al demonio que le hacía emborronar centenares y centenares de páginas para intentar plasmar las escenas que le obsesionaban.

Por desgracia, no existe ningún documento que ofrezca datos acerca de la génesis de La isla, *ni que permita siquiera establecer la fecha en que se redactó esta obra inacabada. Sin embargo, gracias al estudio del manuscrito*[2] *puede asignarse al texto una fecha posterior a 1900. Más aún; en el capítulo titulado «La isla del Chocho», la inscripción «Berthe Richette. 1901-1910», que aparece en una estatua de la isla, autoriza a pensar que la novela fue escrita después de 1910, probablemente entre 1911 y 1914.*

2. Precisemos que, en efecto, el texto de *La isla* que ofrecemos a continuación corresponde al de una copia mecanografiada por G. Serrières, último secretario del escritor; dicha copia, junto con cuatro fotografías del manuscrito, pertenecen a la colección de P. Zanzibar. En cuanto a los demás textos incluidos en el presente volumen, proceden de los originales autógrafos de Louÿs (colecciones de P. Zanzibar y, en el caso de *La Muestra*, G. Nordmann).

Los cinco años anteriores a la primera guerra mundial constituyeron para Louÿs un período de soledad, de dificultades e incluso de desastres. Su vena literaria oficial parecía estar agotada, y no encontraba la manera de acabar la novela Siqué, *cuya publicación hubiera mejorado su economía. Se veía obligado a vivir de los recursos que le proporcionaban una escasa renta y las adaptaciones dramáticas o musicales de sus antiguas obras. Su esposa, Louise de Heredia, con quien se había casado en 1899, se distanciaba cada vez más de aquel marido incapaz de asegurar la subsistencia del matrimonio, y en 1913 terminaría por abandonar el domicilio conyugal para presentar una demanda de divorcio... Pues bien, fue precisamente ésta la época en que Louÿs frecuentó con asiduidad a eruditos como Lachèvre y Loviot, y se interesó profundamente por la bibliofilia y la erudición.*

En medio de semejante cúmulo de incertidumbre y agitación, Louÿs escribió una enorme cantidad de obras eróticas, algunas de las cuales fueron publicadas más adelante, aunque —hay que insistir en ello— la inmensa mayoría continúa siendo totalmente desconocida. Auténtico catálogo de estupros, perversiones y aberraciones sexuales, tales obras parecen indicar que Louÿs estaba decidido a llegar lo más lejos posible en la literatura erótica y a no retroceder ante ningún tabú.[3] *Es preciso señalar, sin embargo, que Louÿs escribía textos de este tipo desde hacía ya más de veinte años, y que por lo tanto no se trataba, ni siquiera en el período comprendido entre 1910 y 1914, de un arrebato de inspiración. Hitos de una producción tan sorprendentemente audaz son, sobre todo,* Las tres hijas de su madre *(«torrente*

3. Excepción hecha de la homosexualidad masculina, que Louÿs contemplaba con absoluta repugnancia, tal como subrayamos más adelante.

de fango y mierda», según las palabras de Mandiargues), que tal vez constituya un ejemplo difícil de superar, y también La isla, Christine *y* La Muestra. *En este punto cabe preguntarse cuál habría sido el resultado final de* La isla *si Louÿs hubiera podido concluir su redacción: sin ningun género de duda, algo similar a* Las tres hijas de su madre, *con el componente añadido de una imaginación sexual desbordada, y decidida a derribar todas las barreras para edificar la más delirante de las utopías.*

Lo primero que llama la atención en La isla *es que constituye, en parte, una parodia erótica de* La isla misteriosa *(1874), de Julio Verne, autor por el que Louÿs sentía una gran admiración. ¿Acaso no había promovido él, en 1895, un homenaje que la «joven literatura» ofreció al ilustre novelista por «su genial talento»?*[4] *Sin embargo, aunque a buen seguro Julio Verne se hubiera horrorizado al ver el tratamiento dispensado por Louÿs a una narración que apasionaba (y apasiona) a generaciones de niños y adultos, entre las dos obras se observan ciertas analogías en absoluto fortuitas. Ambas comienzan de modo idéntico, con el aterrizaje de un globo en una isla desconocida; pero, a partir de ahí,* La isla *toma una dirección sensiblemente diferente...*

Por un lado, es indudable que a Louÿs le sorprendía la ausencia de mujeres en la isla Lincoln, lugar de destino de los cuatro náufragos de Verne y su perro Top, *y que esta ausencia le incomodaba terriblemente. Por el otro, las actividades de ingeniería, agricultura y construcción a que se entregan infatigablemente los héroes de Julio Verne, apenas podían interesar a Louÿs para sus propios personajes. Pare-*

4. Expresiones incluidas en la invitación impresa (colección particular).

ce lógico, pues, que éste decidiera convertir su isla en una tierra poblada, bien provista de mujeres y cuyos habitantes —colonos o indígenas— no tuvieran más ocupación que el ejercicio de su sexualidad.

Todo lo anterior explica el hecho de que la novela se presente, al principio, como un inventario minucioso de la isla (que Louÿs, por cierto, dejó sin bautizar), realizado de un modo sistemático: historia, geografía, topografía, costumbres, etc. Y surge de nuevo la pasión del autor por las fichas, nomenclaturas y catálogos, una pasión que resulta de lo más sorprendente cuando se aplica a temas eróticos. Pero lo mismo sucede en otros muchos textos de Louÿs, que se complacía en multiplicar series, enumeraciones e inventarios para crear la ficción de un país donde todo gira alrededor del sexo.

Desde este punto de vista, La isla complementa y prolonga otro libro de Louÿs, Las aventuras del rey Pausole (1901), una novela «oficial» aunque extremadamente libertina, que llega aquí a su máxima radicalización. Bien es cierto que Pausole ya contaba con una escandalosa parodia compuesta por el propio Louÿs: L'Histoire du roi Gonzalve et des douze princesses, citada anteriormente. Pero, en La isla, la elección de una intriga de lo más simple (pues todo se reduce a la exploración de la isla por parte de la joven Fernande, y a la progresiva integración de la muchacha en esa sociedad hipersexualizada) permite al autor abandonar la trama novelesca propiamente dicha, para entregarse con toda tranquilidad a la materialización de sus fantasmas. El resultado es una multitud de pequeños capítulos monográficos, bastante variados y que se proponen describir las peculiaridades de la vida y costumbres (¡sexuales, por supuesto!) de los habitantes del lugar. Son capítulos evidentemente desiguales, ya que algunos Louÿs no tuvo

tiempo de desarrollarlos, mientras que otros constituyen pequeños relatos en los que acción y narración se entremezclan para mostrarnos a Fernande y a sus diferentes partenaires en plena faena.

En última instancia, lo que la imaginación del autor se esfuerza en crear, con la mayor precisión, es todo un folklore erótico. La ficción novelesca le permite multiplicar las descripciones, para las cuales se inspira tanto en su propia experiencia[5] *como en su profundo conocimiento de la literatura erótica, y en particular de los* Kryptadia.[6] *De este modo, erudición y experiencia vivida se conjugan para penetrar en el terreno de la ficción pura. Con el ingrediente adicional de la extrema minuciosidad antes mencionada, que en este caso proporciona largas listas de nombres donde brilla su asombrosa imaginación paródica, especialmente en los de establecimientos comerciales: «Las Excelencias de la Tarta de Semen - Pastelería» o «La Merienda de las Pequeñas Puercas - Granja». Claro que dicha imaginación no es menor en la descripción de escenas de la vida cotidiana: juguetes eróticos para niños, rodilleras de cuero para las practicantes de* fellatio, *enseñanzas que reciben las muchachas en el instituto, vestidos femeninos extravagantes, etc.*

5. Se sabe que Louÿs conservaba numerosas notas manuscritas relativas a sus experiencias sexuales, que se remontaban a su adolescencia. También es conocida la serie de fichas autógrafas donde relata sus visitas a las casas de tolerancia (colección de G. Nordman).

6. Los *Kryptadia* son un conjunto de documentos útiles para el estudio de las tradiciones populares o, más exactamente, del folklore erótico de todos los países. Constituyen una serie de doce volúmenes publicados entre 1883 y 1912, los cuatro primeros en Alemania y los restantes en París, por el editor Welter (cf. P. Pia, *Les Livres de l'Enfer*, col. 699-704).

Por otra parte, Louÿs inventa divertidos neologismos (cunninovadora, pedonanista), se deleita confeccionando anuncios o cómicas listas de sucesos para parodiar el periodismo, y no puede reprimir su acentuadísima afición al verso erótico:

¡Oh! ¡No es que yo sea un calavera!
Es que siempre, haga frío o calor,
prefiero dar por el culo a mi hermana
que ir al burdel de la esquina...

La utilización lúdica del lenguaje, que tanto agradaba a Louÿs, explica su predilección por las coplas, canciones y fantasías rimadas, siempre pletóricas de ironía y humor. En esos breves poemas también se observa, al igual que en los diálogos, una clara tendencia a reproducir el lenguaje hablado, y en particular el argot o el lenguaje infantil, tendencia que asimismo aparece en otras muchas obras eróticas de Louÿs, como* Pybrac *o* Douze douzaines de dialogues.

* Esta «utilización lúdica del lenguaje» ha obligado a recurrir, para la versión castellana de estos textos inéditos de Pierre Louÿs, al empleo de equivalencias idiomáticas poco ortodoxas para reflejar la obscenidad del original (*masturbadamas*, *las pajas de la doncella*, etc.). En este sentido, no debe olvidarse el abismo existente entre la parquedad del castellano y la exuberancia del francés, en lo tocante al vocabulario erótico-anatómico y erótico-costumbrista. Por otra parte, es indudable que al lector no dejarán de sorprenderle algunas notorias incongruencias en que a veces incurre (¿deliberadamente?) el autor cuando, por citar dos ejemplos escogidos al azar, considera una proeza que una mujer «se corra tres veces a la hora», o llama «eyaculación» al resultado del goce femenino. Todas ellas han sido escrupulosamente respetadas, en aras de la reconocida imaginación de Louÿs para crear lo que el prologuista califica de «folklore erótico». (*N. del T.*)

Pero donde el erotismo de Louÿs parece encontrarse más a gusto es en la descripción de las costumbres populares y de la sexualidad infantil. En algunos pasajes, la elección de protagonistas pertenecientes a las clases bajas le permite adoptar un tono realista que él se divierte en llevar hasta sus últimas consecuencias, llegando a veces a la pura y simple caricatura populista. Sin embargo, huelga decir que tales retratos carecen de toda intención social, pues en ellos lo importante no es el pueblo, sino la sexualidad brutal y desenfrenada que traduce su lenguaje. Y lo mismo sucede con la sexualidad infantil, que encontramos descrita tanto en La isla como en Christine y La Muestra: al universo burgués o familiar de los adultos se opone la terrible ingenuidad de los niños, para quienes el sexo no es un hecho trágico, sino algo absolutamente natural, un universo en cierto modo privilegiado y que no plantea el menor problema. A Louÿs le atrae la sencillez de esta sexualidad, en la que los niños manifiestan una clara superioridad sobre los adultos e incluso parecen aleccionarles, gracias a su total ausencia de complejos y a su obstinación por vivir todas las formas posibles del sexo. Téngase presente que Louÿs siempre se sintió fascinado por dicha sexualidad infantil y que jamás ocultó su interés por las adolescentes, preferentemente impúberes: le encantaba convertirlas en personajes de sus textos eróticos y fotografiarlas desnudas.

Esta sexualidad infantil se basa principalmente en el incesto padre-hija y madre-hija (Louÿs despreciaba ostensiblemente el incesto madre-hijo), y en el lesbianismo bajo todas sus formas. Y dado que, como ya se ha dicho, los personajes (prostitutas, adolescentes) pertenecen casi siempre a las clases más bajas de la sociedad, Louÿs se entrega a una especie de realismo trivial que le permite reproducir, a través del lenguaje, un determinado número de situaciones caracterís-

ticas: pobreza, paro, prostitución, promiscuidad, etc. Este esfuerzo resulta particularmente evidente en textos como Christine *y* La Muestra, *incluidos en este mismo libro —a continuación de* La isla— *y donde aparece el reverso de una sociedad que con demasiada frecuencia sólo es recordada por las duquesas, los estetas y las tazas de té de las novelas de Paul Bourguet. Claro que, a fin de cuentas, lo único que tal vez haya conseguido Louÿs al situarse en la línea realista de las canciones de Bruant y de algunos escritores naturalistas, sea caer en otro tópico...*

Obsérvese, por último, que Christine *y* La Muestra *se presentan como una confesión detallada del aprendizaje sexual de sus heroínas. En suma, y por emplear la terminología de los críticos más reputados, se trata de un «abismamiento» autobiográfico que parece habitual en Louÿs. Basta con pensar, por ejemplo, en* Bertrand *o en* Las tres hijas de su madre, *donde la autobiografía femenina desempeña, gracias a la precisión de los recuerdos evocados, el papel de un contrapunto para las minuciosas descripciones de los juegos sexuales de las protagonistas.*

En tanto que novela iniciática, La isla *es —por lo menos en su primera parte— el relato del descubrimiento de la isla por parte de una extranjera, la joven Fernande. Un descubrimiento que permite a Louÿs acumular descripciones, como si su heroína no fuera más que un ojo dedicado por completo a registrar la fisonomía de calles y tiendas y, sobre todo, a contemplar los variadísimos jugueteos sexuales cuyo exclusivo escenario es la isla en cuestión. A partir de ahí, la novela se convierte en una maníaca elaboración de fichas sobre la base de una ficción que sería demasiado fácil relacionar con Borges. Sin embargo, a través de esta descrip-*

ción extremadamente precisa y obsesiva, de esta repetición paródica de determinadas formas y esquemas, se nos impone una realidad delirante que parece de lo más natural.

Efectivamente, para Louÿs semejante realidad era algo de lo más natural. Respecto a este punto es preciso señalar que la mayoría de los autores de obras eróticas, empezando por el propio Louÿs en otros textos, no se habían preocupado de modificar en sus escritos el aspecto exterior del mundo, sino que éste permanecía intacto, o bien era colocado entre paréntesis, siendo en última instancia el comportamiento de los personajes lo único que escapaba a los cánones clásicos. Dicho de una forma más sencilla, el erotismo quedaba limitado al hombre y no invadía en modo alguno su entorno.

Pero no sucede lo mismo con La isla, *obra en la que Louÿs quiso llevar el erotismo lo más lejos posible. Aquí es la totalidad de la existencia humana —más aún, del mundo exterior— la que se encuentra radicalmente modificada, hasta el extremo de verse erotizada por completo. En esta placentera isla, hombres, mujeres, niños, adultos y ancianos, blancos e indígenas, e incluso animales, sólo tienen una ocupación: aparearse y ejercitar al máximo su sexualidad, que por otra parte parece tan exigente como insaciable. Se diría que han quedado excluidas el resto de las actividades humanas habituales, o al menos que la joven Fernande no les presta demasiada atención. No existen industrias, ni fábricas, ni comercios (salvo eróticos, por supuesto), a excepción de una especie de gigantesco parque de atracciones sexuales, una Disneylandia del sexo donde todo parece estar permitido y ser casi gratuito.*

Como era de esperar, en estos textos Louÿs da rienda suelta a sus mayores obsesiones: las adolescentes, el lesbianismo, el incesto, la sodomía y la escatología. Subrayemos también, de pasada, el silencio absoluto que se cierne sobre

la homosexualidad masculina, al parecer totalmente desconocida en la isla. ¡Curiosa incongruencia en una utopía que permite y hasta propicia todas las fantasías sexuales! Sin embargo, quienes conozcan la obra de Louÿs sabrán que éste excluyó por completo la homosexualidad masculina de sus escritos, del mismo modo que la suprimió de su colección de fotografías eróticas.

Un último detalle a destacar: la fecha del descubrimiento de la isla por los colonos franceses, que no fue elegida al azar. Efectivamente, en 1623 se publicaron la novela Francion, *de Sorel, y el* Parnasse satyrique *de Théophile de Viau, obra ésta que le valió al poeta ser condenado a la hoguera en ese mismo año. Así pues, un triple símbolo para Louÿs: la fecha de la publicación de dos libros osados y, también, de la derrota del «espíritu satírico», definitivamente aniquilado por los ataques conjuntos de la Iglesia, el refinamiento clásico y la monarquía absoluta. Es lógico, por tanto, que Louÿs se complaciera en convertir al rey Hércules I y a sus súbditos en convencidos exportadores de ese espíritu satírico que había desaparecido para siempre de Francia, pero que los colonos implantaban con éxito en su isla desconocida. Lo cual equivale a afirmar que esta ficción novelesca representa para Louÿs la transposición a la época moderna de un período histórico que le resultaba muy querido, tanto por sus costumbres como por su literatura.*

En conclusión, los escritos eróticos de Louÿs constituyen, al menos en parte, un intento de resucitar ese espíritu satírico y, al mismo tiempo, la plasmación de los sueños sexuales más obstinados que jamás haya elucubrado escritor alguno.

CHRISTIAN COLLINET

La isla de las Damas

Plan provisional en tres partes

Prólogo.— Sueño de Fernande tras el aterrizaje en globo. Exposición por Lucienne.

I. La Ciudad y la Isla.— Paseos de las dos amigas a través de la capital y por el campo.

II. La Corte.— Fernande, invitada, se convierte en tríbada ordinaria de la princesa Alice.

III.— Tras reñir con Lucienne y ser expulsada de la Corte, Fernande entra en una casa de la calle de los Burdeles, luego en otra, y así sucesivamente hasta recorrerlas prácticamente todas. Pretexto para describirlas.

A continuación abre un pequeño establecimiento de prostitución lesbiana en la isla de las Tortilleras, pero se harta de algunas clientas, regresa a la ciudad y monta un establecimiento similar a la puerta del instituto de chicas.

Más adelante se reconcilia con los hombres...

Epílogo.— La historia acabará en matrimonio.

Primera parte

Historia

Fue descubierta en 1623, al oeste de las islas de Cabo Verde, por Hércules de [ ], que comandaba y conducía a la Guayana a un millar de colonos franceses en cuatro navíos.

En los dos primeros navíos viajaban los colonos nobles con sus familias. En el tercero, artesanos de todos los oficios con sus herramientas de trabajo. Y en el cuarto, putas frescas, sanas y sin rastro de sífilis, cuyas edades oscilaban entre los doce y los quince años.

La flotilla fondea a la entrada de un río. Desembarcan. Encuentran una isla de admirable vegetación, sin mosquitos ni serpientes, y poblada por una raza de indígenas desnudos; una raza amable y hospitalaria, que prodiga una buena acogida a los visitantes. Deciden no continuar el viaje.

Hércules es nombrado rey. Primero ordena construir una pequeña fortaleza, y luego, casa por casa, la capital.

Transcurrido un mes, hace que todos sus súbditos sean sometidos a examen médico. Obliga a encerrar a los sifilíticos en la fortaleza, que a la noche siguiente estalla, como por casualidad. Habiendo conseguido

así erradicar todo germen de sífilis y de blenorragia, decreta y proclama la «licencia para follar» que aparecerá más adelante.

De esta fecha datan las costumbres particulares de la isla.

A destacar que, en 1623, el *Cabinet satyrique* y el *Parnasse satyrique* van de mano en mano.

Geografía

Isla triangular con una escarpada cadena montañosa en la costa sur, de tal modo que sólo hay una vertiente, con tres valles que desembocan en una llanura.

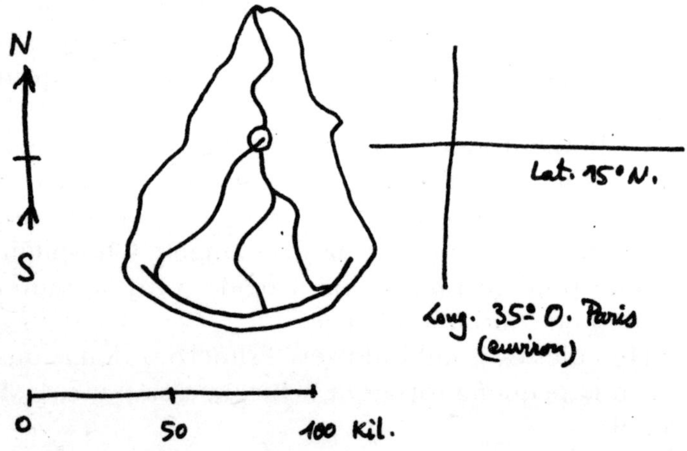

Clima cálido, pero sano.

Diversas minas en las montañas. Bosques, pastos y cultivos.

Población (en 1627): 1.000 franceses y 10.000 indígenas.

Población actual: 250.000 habitantes, de los cuales 150.000 residen en la capital.

La raza indígena ya no está representada más que por una tribu de 500 individuos confinados en la costa oeste, al pie de las montañas. El resto se ha fundido con la población francesa por mestizaje.

Legislación

La Licencia para Follar (más o menos así, aunque queda pendiente de revisión):

> Yo, Hércules I, rey de la Isla,
>
> Concedo a mis súbditos licencia para follarse a todas las mujeres y muchachas que consientan en ello, sin discriminación de edad, estado civil o parentesco, en cualquier lugar público o privado, y como les dé la gana hacerlo.
>
> Concedo, en justa correspondencia, a todas las mujeres y muchachas, licencia para hacerse follar por quien consienta en ello, en cualquier modalidad y posición de jodienda, y de entregarse al libertinaje donde les plazca, sin impedimentos de ningún tipo.
>
> Prohíbo, bajo pena de muerte, secuestrar o violar a cualquier mujer o muchacha.
>
> Ordeno, sin embargo, que ninguna muchacha permanezca virgen cuando comiencen a crecerle las tetas y el vello; que si se descubre a alguna que todavía fuera núbil y virgen, se le concedan siete

días para elegir a un follador y hacerse desvirgar; y que si, agotado este plazo, no encontrara ningún hombre o se negase a buscarlo, sea recluida en el burdel público hasta que su virgo haya sido roto y atravesado.

Además, declaro:

Que las pichas y los coños no son en modo alguno partes vergonzosas, sino partes nobles cuya visión nadie está obligado a ocultar.

Que los actos de impudicia, fornicación, adulterio, incesto y otras formas de libertinaje (excepto el crimen de violación) son lícitos en todos los lugares y entre todas las personas.

Así me complazco en manifestarlo, para general conocimiento.

Promulgada en palacio, el 7 de mayo de 1623.

Hércules

Más tarde se aplican dos ligeras modificaciones a la licencia adjunta.

La primera, de uso: Dando por supuesto que las obreras casadas no admiten de buen grado el incesto entre sus hijas y maridos, se renuncia a perseguir a aquellas que pegan a sus hijas al sorprenderlas en flagrante delito.

La segunda, administrativa: Como consecuencia del accidente sufrido por una vieja institutriz de los reales hijos, que se dio de morros contra el suelo tras resbalar en un charco de semen, y se mató, todas las calles de la ciudad se siembran de carteles con la siguiente inscripción: «Prohibido derramar semen en la vía pública». Dicho con otras palabras, una muchacha está en su perfecto derecho de chupársela a quien

quiera en la calle, pero no le está permitido escupir el semen.

Isla imaginaria.
Una reina. — Consejo de mujeres.

Pollas-fuentes.
Falos públicos adosados a las paredes.

Alrededores: Bellavulva — Masturbadamas — Clítoris del Campo

Restaurante Lengua en Culo
Las Tres Folladoras
El Goce de las Tortilleras — Novedades
La Bella Enculada — Vestidos y abrigos
El Consolador de Oro — Joyería
Las Pajas de la Doncella — Librería
El Virgo Perforado — Juguetería
La Merienda de las Pequeñas Puercas — Granja
Hotel Los Doce Sátiros
Las Torrijas de Semen
Las Excelencias de la Tarta de Semen — Pastelería
Restaurante Polla en Boca
El Sesenta y Nueve — Salón de té
La Olorosa Flor del Culo — Perfumería
Hotelito El Chumino
Hotel Los Dos Ojetes
La Laguna de Semen — Glorietas y bosquecillos
Los Burdeles de Venecia — Muebles
La Pepitilla Rosa — Mercería

Jefatura de Violaciones
Éxtasis de Bolleras — Galería de safismo
El Felpudo Rizado — Peluquería de señoras
Las Tetas Cachondas — Sauna
Plaza del Coño de la Reina
Bulevar de Lesbos
Calle de las Pollas Guapas
Plaza de los Cuarenta Burdeles
Calle del Burdel de las Cabritas
Jardín de los Empalmados
Calle de los Huevos de Hércules
Calle del Chochito
Ronda de las Pelanduscas
Carrera de la Bellavulva
Bulevar Mamarrabos
Calle de las Charcas de Semen
Calle Mealeches
Travesía de las Enculadas
Pasaje del Culo Negro
Alameda de las Lenguas
Calle Follaligas
Calle El Ano de Almea (la calle de las tiendas elegantes)
Calle El Hórreo de las Tortilleras
Avenida del Gran Tribadismo
Avenida del Felpudo Peinado
Calle de las Calentorras

Barrios populares

ESTABLECIMIENTOS
La Merienda de las Pequeñas Puercas — Granja

Los Hijos de Puta — Vinos y licores
Hotel Jodecriadas
La Laguna de Semen — Glorietas y bosquecillos
Sor Virginia — Quiosco donde se masturba a las colegialas
Hembra sin Tapujos — Tasca de chicas
Hotel Los Dos Ojetes
El Paraíso del Puterío

CALLES

Calle del Burdel de las Cabritas
Ronda de las Pelanduscas
Calle de las Charcas de Semen
Calle Mealeches
Pasaje del Culo Negro
Calle Follaligas
Calle El Hórreo de las Tortilleras
Calle de la Media Paja
Calle del Baile de Cojones
Calle de la Mamona
Calle de los Pezones Tiesos

Barrios ricos

ESTABLECIMIENTOS

Restaurante Lengua en Culo
Restaurante Polla en Boca
Hotel Los Doce Sátiros
Hotel El Coño de Oro
Hotel El Falo Grande
Hotel El Clítoris Largo
Hotel-Pensión Las Damas Lesbianas

Hotelito El Chumino
El Consolador de Oro — Joyería
Los Burdeles de Venecia — Muebles
El Goce de las Tortilleras — Novedades
La Bella Enculada — Alta costura
Las Excelencias de la Tarta de Semen — Pastelería
El Felpudo Ondulado — Peluquería de señoras
Olorosa Flor del Culo — Perfumería
El Virgo Taladrado — Juguetería
El Sesenta y Nueve — Restaurante
La Pepitilla Rosada — Mercería
Jefatura de Violaciones
Las Delicias de las Masturbadas — Librería
El Éxtasis de las Bolleras — Galería de safismo
Las Treinta y Dos Posturas

CALLES
Plaza del Coño de la Reina
Calle El Ano de Almea (calle de tiendas elegantes)
Bulevar de Lesbos
Avenida de los Príapos
Calle del Chochito
Carrera de la Bellavulva
Travesía de las Enculadas
Plaza de los Cuarenta Burdeles
Bulevar Mamarrabos
Avenida de la Gran Tríbada
Calle de las Pollas Guapas
Avenida del Felpudo Ensortijado
Calle de las Calentorras
Jardín de los Empalmados
Alameda de las Lenguas

Calle del Viejo Libidinoso
Calle de las Jovencitas Sodomitas

Otros nombres de calles

Plaza de las Mil Tetas
Calle de la Zorra Negra
Calle de Safo
Calle del Coñazo
Calle del Coñito
Calle del Pelo Rizado
Calle de la Polla de Marfil
Puente de la Picha de Hierro
Calle de las Bellas Vulvas
Calle Vulva Roja
Calle Mealeches
Calle de las Ubres Pardas
Calle Jodida
Calle de los Follacabras
Callejón de la Enculada
Calle de las Tres Bolleras
Calle Coñibarba
Calle del Pezón Tieso
Calle Lamebollos
Calle de la Doncella Cachonda
Calle Tragacojones
Calle Chocho Dulce
Calle Palpacoños
Calle Calientaculos
Calle La Mamada
Calle Moja-el-Haba
Avenida del Felpudo Emperifollado

En las calles

Falos de madera colgados con cadenas a ambos lados de las fuentes públicas. Las muchachas que pasan por delante, los lavan en la pila y se sirven de ellos.

Bancos especiales, con falos de piedra en el asiento, para que las mujeres puedan sentarse e introducírselos por debajo.

Meaderos para mujeres en forma de bidets, a lo largo de las aceras del centro de la ciudad. En los suburbios, las mujeres mean de pie en medio de la calle, jamás contra la pared. Suelen salir de las tiendas, mirar si viene algún coche, arremangarse hasta la cintura y mear violentamente en medio de la calzada.

Amplios bancos en las terrazas de los cafés. Toda muchacha que se entrega allí a cualquier acto amoroso, recibe unas monedas del establecimiento. Raramente coitos o sodomías. Casi siempre safismos o masturbaciones. Estas muchachas de ínfima categoría van siempre completamente desnudas. Por ejemplo, llega una chica gorda y dice: «Dadme algo para meterme en el coño». Y los empleados reaccionan pidiendo en caja una berenjena para que allí mismo, frente a la terraza, la chica se la meta en la vagina y no pare hasta correrse.

Por las calles

Inscripción en la grupa de un animal enganchado a un coche de punto: «Se ruega no follarse a la yegua. Es muy suya».

Vendedora ambulante de consoladores, empujando su carrito y proclamando: «¡A la hermosa polla, señoras y señoritas! ¡A la hermosa polla para metérsela en el culo!». La mujer, que lleva un consolador enorme sujeto con correas al bajo vientre, se dirige a dos aprendizas que al verla se detienen y les dice: «¡Ya veis, gatitas mías, que picha llevo. Con una como ésta os podéis ensartar lo mismo que papá y mamá! ¡Compradme una hermosura así por treinta y nueve pavos, y veréis como os empitonáis al menos una docena de veces cada noche! Esto sí que es sólido. ¡No se gasta nunca!».

Una arriera desgarbada recorre las calles arrastrando a su animal y, de pronto, grita: «¡Preciosa burrita de once meses para los tíos salidos! ¡Un estupendo conejo calentito para los que tienen el pijo largo!». Bernard se acerca y le pregunta: «¿Se le puede dar por el culo a tu burrita?».

«¡Por supuesto, señor! ¡Menuda zorrona está hecha! Trabaja con los dos agujeros.»

«Te doy veinte pavos si le lames el culo.»

«¡Ah, sí! Conque ésas tenemos...»

Bernard se rinde a la evidencia y le da los veinte pavos, pero la muchacha protesta: «¡Oh, no! ¿Y para mi animal no hay nada? Dame cuatro pavos más. Te lo has pasado en grande, ¿no? Mira como le chorrea el flujo por el agujero».

Una mendiga jovencita aborda a Fernande y le dice: «Señorita, si me da dos pavos le meto la lengua en el ojete del culo para que se inspire».

En una callejuela, una muchacha vestida con harapos trota delante de un hombre, dándole la espalda y separándose las nalgas con las manos todo lo que puede, mientras le grita: «¡Deme por el culo, señor!

Me lo dejo hacer por un mendrugo de pan. ¡Encúleme, por favor! ¡Tengo el ojete tan estrecho!».

En un banco de un bulevar exterior, Bernard encuentra a una chavala de doce años rascándose y le pregunta: «¿Qué haces aquí?».

«Estoy haciéndome una paja. Tenía muchas ganas.»

«¿Has gozado?»

«Está a punto de venir, señor, no me interrumpa.»

«¿Y no te gustaría más joder?» (Se saca la verga.)

«¡Oh, sí, señor! ¡Pero rápido! ¡Sí, rápido! Métamela hasta el fondo, de un solo golpe, que ya me corro...»

Las posturas en la calle

1.ª — A lo perrita.

La postura a lo perrita es, con mucho, la más frecuente. Casi todas las chicas se aparean así, de pie contra la pared, acodadas en el alféizar de las ventanas abiertas, de rodillas en los bancos, de rodillas en el césped de los jardines, etc.

Cuando una chica acepta joder en plena calle, su primer movimiento es inclinarse hacia adelante y ofrecer el coño por detrás.

Chiquillas en posición a lo perrita, de pie sobre dos adoquines.

Jovencita frente a su ventana de la planta baja, jodiendo a lo perrita con un hombre en la calle.

2.ª — La chica sentada de espaldas sobre el hombre.

En la ciudad, es una postura que adoptan principalmente las putas. El hombre se sienta en un banco, empalmado, y la puta se sienta sobre él y se ensarta...

Sin embargo, en los parques y jardines públicos muchas jovencitas de la buena sociedad se colocan así para realizar el coito.

3.ª — La chica de rodillas, chupando al hombre o a la mujer.

Postura favorita de las chiquillas que prefieren chupar a joder.

Una dama se sienta en un banco de un paseo. Una chiquilla, tortillera, se arrodilla entre sus muslos, la hace gozar y se marcha tan contenta en busca de otro coño. El precio medio es de cinco pavos.

Un hombre lee el periódico en la terraza de un café. Una chiquilla se le acerca y pregunta: «¿Mamada, señor?». Él se deja hacer.

No obstante, un gran número de jóvenes adoptan la misma postura. Algunas vagan por las calles totalmente desnudas, aunque llevan unas rodilleras de cuero, lo cual indica su especialidad. Sólo con que un hombre sentado le haga una seña a una de ellas, la chica se arrodilla de inmediato, le lame los huevos, le chupa la polla y se traga el semen por unos pavos.

Anuncios e inscripciones

En el hotel:

1 polvo por el macarra.
2 polvos por la bollera.
3 polvos por el enculador de señoras.

En la peluquería:

Lavar y marcar los pelos: 0,25 francos.

En un escaparate:

Se busca aprendiza para chupar pijos.

Los más hermosos
virgos están en casa de Mme....,
proveedora de la Corte,
abastecedora de SAR el Príncipe.

«Enséñame tu polla y verás mi culo.»

Ésta es la frase por antonomasia que las nenas dirigen a los críos. En lo sucesivo habrá que cambiar la fórmula, cuando todas las guarderías dispongan del nuevo espejo diseñado por la firma X..., que permite a nuestros retoños contemplar todas las fases de su masturbación mutua y *simultánea*. El precio del artilugio, incluido el manual de instrucciones, es de 13,75 francos.

La Bollera americana.

Lengüeta de caucho rojo accionada por una pequeña dinamo. Velocidad regulable manualmente.

La Bollera americana sólo sirve para el clítoris y no excluye el empleo del consolador.

Semen esterilizado: Siempre listo, siempre bueno.

A 32 °C de temperatura, nuestro semen es la bebida más deliciosa que las damas puedan tomar a la hora del té. Ha obtenido un éxito rotundo entre nuestra clientela aristocrática. Se sirve en consoladores de porcelana blanca, que los labios de las señoras elegantes chupan con deleite.

Un frasco: 22 francos. 1/2 frasco: 12 francos.

Teatro Scala Obscena:

10.30 h. Autosafo, la muchacha serpiente, se chupara a sí misma dos veces seguidas hasta gozar.

Pequeños anuncios

En los pequeños anuncios que las mujeres publican en la prensa, la fórmula FLS significa «Feladora, Lesbiana, Sodomita», es decir, dispuesta a todo.

Institutriz FLS, 21 años, bachiller superior, con experiencia en varios burdeles, busca familia honrada para servir. Se acostaría con los niños.

Joven obrera FLS, 15 años, ocupada hasta las siete, desea prostituirse todas las noches entre ocho y diez. Hace todo lo que se le pide. No es exigente. Escribir a su madre.

Disfrute, gratis, del coño más hermoso del barrio. Julienne B., mercera, 38 años, recibe folladores en su cama todos los días, desde las nueve hasta medianoche. Calle de los Cojones, 51. Siempre caliente y dispuesta.

Jovencita de mundo apuesta que una mamona experimentada puede hacer que un joven se corra tres veces en veinticinco minutos, sin soltar el capullo. ¿Quién acepta su desafío? Presentarse en casa de la señorita de B..., calle..., mañana a las tres.

Desearía conocer al joven que me dio por el culo el sábado por la noche en el Palacio Real y al que le dije: «¡No me masturbes! ¡Ya viene!». Se ruega dar nombre y dirección. Bathilde M..., calle X..., n.º...

Se solicitan masturbadoras de buena voluntad para el baile de puesta de largo que la marquesa de N..., calle X..., ofrecerá el día 16. En el curso de la

fiesta, 60 mujeres desnudas se masturbarán, de pie, ante las doncellas homenajeadas. Inscripciones en la dirección indicada.

En la calle de las Ubres Pardas se ha extraviado una colección de dibujos que contiene 47 apuntes de coños con la firma de las modelos. Se ofrece suculenta recompensa a quien los devuelva a su propietaria, la señorita JB, calle...

Pareja de bolleras, doncella y cocinera, con excelentes referencias, buscan trabajo en casa de señora sola. Dispuestas a ejercer con las invitadas.

Bella camarera, FLS, diplomada en el Concurso de Prostitución, lame el culo por 100 francos al mes. Referencias.

Puta morena, 22 años, gran gozadora y capaz de correrse tres veces a la hora, se ofrece a damas lesbianas que gusten de los coños jugosos.

Cunninovadora o Adivinadora del Porvenir por las arrugas del coño. Visite a la señora de G..., calle..., que predice el porvenir de la consultante basándose en los signos esotéricos de la vulva.

Se vende herbario de pelos de jovencita. 245 variedades diferentes, entre ellas un mechón fenómeno de 0,16 m (con certificado de procedencia), un pelo de la Reina, etc. Interesados dirigirse a la señora..., calle...

Anuncio en un periódico:

«Aviso para jovencitas calentorras: Dejad de masturbaros, señoritas. Aplicaos la Crema de las Carmelitas en el clítoris y en los labios del coño. En tres minutos, y sin ningún tipo de contacto, obtendréis un espasmo de una intensidad incomparable, seguido de una abundante eyaculación.

»Crema de las Carmelitas. Un bote: 3,50 francos; 1/2 bote: 1,90 francos.»

Reacciones provocadas por el anterior anuncio:

«Empecé a frotarme el felpudo a la edad de siete años. Después, ninguno de mis amantes consiguió nunca hacerme perder este funesto hábito, que terminó por hacer que me creciera un callo en el tercer dedo de la mano derecha. Pero ahora, desde que uso la Crema de las Carmelitas, he renunciado para siempre a la masturbación. Un poco de crema entre los muslos hace que me corra una, dos, tres veces seguidas..., en fin, todas las que deseo. Es una delicia». – Jeanne B, calle del Coñito, 8.

«Recomiendo la Crema de las Carmelitas a todas las jovencitas que gustan de los sueños voluptuosos. Yo me pongo un poco en el coño antes de dormirme, y eso basta para que no me abandonen en toda la noche los sueños de folladas, safismos y otras orgías extraordinarias. Mi madre, que antes gastaba grandes sumas de dinero en amantes para ver satisfechas sus pasiones, ahora sólo se la hace meter los domingos desde que su crema la calma todas las noches.» — Blanche N, calle Coñibarba, 18.

«La belleza de mis nalgas siempre tentó a la mayoría de mis amantes, pero yo nunca me sentí atraída por la sodomía. Sin embargo, desde que me pongo esta crema en el ano y en el coño, todos los hombres que me dan por el culo me hacen gozar, y el coito anal me proporciona tanto placer que soy la primera en proponérselo a mis amigos. Envíenme doce botes contra reembolso. Y gracias.» — Isabel G, calle Jodida, 14.

«Aposté con dos de mis amigas más hermosas a que, sin nuestra calenturienta imaginación, su crema no surtiría efecto. Pues bien, después de pasar con ellas una noche sáfica, en el curso de la cual me desvanecí siete veces entre sus brazos, hice que me pusieran en el coño la Crema de las Carmelitas y salí para distraerme y no pensar en nada. Pero no había andado ni cien pasos cuando me sobrevino el espasmo. Fue tan fuerte que tuve que aferrarme a un árbol, mientras dejaba en la acera un mar de leche y no podía parar de gritar: "¡Ah! ¡Qué placer! ¡Qué placer!"» — Rachel D, calle Mealeches, 31.

NB. — Todos los establecimientos son semiburdeles. Las nalgas de la patrona, así como las de las vendedoras y las obreras, están a disposición de los clientes, previo pago de unos francos en caja.

Papelerías. — En ellas se venden portaplumas en forma de falo para uso de las chiquillas, hojas coloreadas análogas a las estampas, pero con las últimas obscenidades, y cuentos ilustrados, cuyo precio varía en razón de la crudeza de su título. Se imprimen a millares. Las chiquillas compran uno al día y los coleccionan.

Galerías de fotografía. — Ofrecen fotos de la mayoría de las mujeres famosas, representadas desnudas en la época de su juventud. Lo que más se vende son las fotografías de sus coños, reproducidas en forma de cromo, si bien es cierto que sus coños son tan conocidos, al menos, como sus rostros. También hay fotos de mujeres famosas apareadas con sus amantes más notorios. Un diálogo típico en estos establecimientos es: «Por favor, deme a la señorita D'Orce chupándosela al teniente Madriz».

«Lo siento, caballero. Tenemos 15 poses diferentes de la señorita D'Orce con una picha en la boca, pero nos falta la del teniente Madriz. ¿No desea una en la que se la chupa al señor de Biège?»

Perfumerías. — La mayoría de perfumes tienen nombres sexuales: Vagina Rosa, Picha Perlada, Culo Suave, Flor de Vulva, Coño de la India, Tortillera en

Celo, etc. Asimismo venden, para el cuidado de la piel, la Crema de Coño y la Leche de Cojones. Cartel para el interior: «Señoritas, perfúmense el vello del pubis con el Extracto Sáfico Triple, un auténtico destilado del goce vaginal, que pondrá calentona a su compañera al primer lametazo».

Lecherías. — Es corriente oír cosas como éstas: «¿El señor desea un tazón de leche?».

«No. Quisiera..., quisiera gozar. ¿Está disponible la vaca? Si no es así, ensartaré a la criada.»

Acto seguido, conducen al cliente al establo e inmovilizan a la vaca con un aparejo especial. El hombre se la mete al animal una veintena de veces en el coño, luego le da por el culo, y finalmente goza.

«¡Eh! ¡Señor! —exclama una sirvienta—. Deme unos pavos y verá como me meto la ubre en el coño y hago que goce.»

Pero el cliente, que ya no está empalmado, se marcha sin responder.

Granjas. — Carteles: «1 franco la taza de leche, recién muñida». Y más allá, otro: «Se precisan jóvenes que se dejen muñir todas las tardes, a las 4, antes de la merienda».

Vaquería. — Rótulo: «Entren y vean a la pequeña becerra de ocho días que chupa tanto la polla como la ubre de su madre. La hija de la vaquera les lamerá los cojones».

Comercios varios. — Lavandería: «Aquí se chupa la polla por tres pavos». Papelería: «Hermosa muchacha para encular, por 0,95 francos. 13 años».

Barraca de feria. — «Introduzca la polla por el agujero y meta una moneda en la ranura. Se la chuparán.»

Charcutería. — Expenden salchichones especiales llamados «Don Juanes». Se garantiza que han sido utilizados por mujeres. Están muy buscados por su suavidad.

Peluquería. — «doñaRachel. Tonsura felpudos. Rasura coños.» Y en un cartel: «Aviso a los coleccionistas: Se venden hermosos pelos. Todas las tonalidades».

Entra una campesina y dice: «Rápido, doña Rachel, quíteme todo esto. Está tan enmarañado que ya ni siquiera puedo hacerme una paja».

Grandes Almacenes. — Cartel: «Oferta. Lamida de regalo a toda señora que haga una compra superior a 5 francos».

Bazar. — Fernande se cruza con una vendedora y ésta se vuelve. La agarra por el felpudo, le mete lentamente el dedo en el coño, y la pequeña dice: «¡Oh! ¡Señorita! Tan solo verla he comenzado a mojarme».

«¿De verdad?»

«Bueno... Mire su mano y verá cómo está. En cuanto la he visto entrar me he puesto cachonda, ¿sabe? Me he dicho: "A ésa, si quiere, le meteré la lengua en el culo sólo con que me lo pida". Perdone que no tenga pelos en la lengua, pero las palabras que salen del coño son peludas.»

La vendedora se echa a reír. Fernande la besa en

la boca y, tras relamerse, dice: «Quiero esa lengua en mi culo».

«¡Muy bien! Bajemos al sótano. Hay reservados para estos casos», concluye la pequeña.

Baños calientes. — El servicio está formado por muchachas desnudas. En todas las bañeras destinadas a las señoras flota un consolador. Se paga en caja, donde la encargada pregunta: «¿Baño con muchacha?».

«Sí», responde Fernande.

«Un franco.»

Entran en la cabina, donde Fernande, mientras la chica la acaricia, lee la siguiente inscripción: «Está terminantemente prohibido que las sirvientas pidan propina a los clientes que les meen en la cara». Fernande pregunta, divertida: «¿Por qué?».

«¿Cómo que por qué? —responde la muchacha, creyendo que se está burlando de ella—. Pues porque como usted sabe perfectamente, señorita, en cuanto se meta en el baño meará antes de gozar.»

Baños fríos. — Son todos mixtos, por supuesto, y sin bañador. Hombre que flota empalmado, mientras una jovencita se la chupa de pie junto a él. Otra jovencita flota haciéndose una paja. Un hombre sale del agua y se folla a la primera chiquilla que encuentra, que ríe y va a lavarse. Un grupo de jovencitas desnudas no se decide a bañarse. La encargada les dice: «¡Vamos! ¡Vamos! A estas horas el agua ya está llena de leche. Bebed un trago y os sentará de maravilla».

Títulos de los libros que se ven en las mesas de los salones.

NOVELAS:
Entre mis muslos (por una jovencita)
El sabor del semen
Tetas cachondas
La hija de la tríbada
El coño del corazón
La folladora follada
Mamá se hace una paja
El consolador de la Muerte
La putona y las dos negratas
El chocho abierto
Cojón en boca
El burdel de las masturbadas
Chismes y chichis
La polla rabiosa
El bidet de las cuarenta folladoras
La muchacha del ano maquillado
Coño con coño, o los dos putones
Los putones de mis hijas

POEMAS:
La vulva llorosa
Montar en picha
Pelos negros
Sueños lésbicos
El culo azul de la noche
Lamidas
Canciones y rondallas de las jóvenes tríbadas
Lupanar de orquídeas
Eyacular en sus bocas

Lagunas de esperma
Las cuatro alas de la vulva
Elegías clitorianas
Cánticos de una virgen a cuatro patas
Idilios de la Bella Enculada

VARIOS (Filosofía - Ciencias - Historia):
¿Cómo se corren ellas?
¿Debe tragarse el semen?
Mejor axila que coño
Reflexiones de una pequeña onanista
Acerca de la picha en las artes decorativas
Clítoris a la Roxelane
Consejos a las madres para que se empalmen sus hijos

Restaurante

El Restaurante Lengua en Culo lucía sobre la puerta una gran enseña en relieve, pintada en colores vivos y que representaba la grupa de una mujer morena, de vello negro, con una larga lengua instalada en el ano y un río de licor amoroso fluyendo de la rosada vagina.

Subimos directamente al reservado n.º 6 que, de hecho, era una habitación. Además del sofá y la mesa, había una tumbona, un lavabo, un bidet... En cuanto a los cuadros obscenos que adornaban las paredes, renuncio a describirlos.

Con todo, lo que más me llamó la atención fue que el asiento del sofá donde debíamos sentarnos estaba provisto de dos aberturas ovaladas.

«¿Qué es eso?», le pregunté a Fernande.

«¿Eso? —respondió riendo—. Es la especialidad de la casa.»

«No lo entiendo.»

«Haga lo mismo que yo. Mire, me despojo del refajo; quítese el suyo. Me recojo la camisa; hágalo también. Y ahora, sentémonos. Como verá, nuestras partes más sensibles son perfectamente accesibles por debajo. De este modo, cuando lo desee sólo deberá apretar el pulsador eléctrico que hay bajo el asiento, a la derecha..., y la tendrá.»

«¿Qué es lo que tendré?»

«¡Una lengua en el culo!», exclamó Fernande, prorrumpiendo en carcajadas.

Evidentemente, yo no pensaba llamar. ¡Jamás me atrevería a hacerlo! Estaba totalmente decidida. Y sin embargo... no sé si por distracción o por una especie de espíritu mimético, al igual que Fernande me despojé del refajo y me recogí la camisa antes de sentarme. Transcurrieron algunos minutos, y como quiera que no experimentaba ninguna sensación nueva, me olvidé por completo de lo que Fernande acababa de contarme. Además, había otros asombrosos detalles que me tenían impresionada. La carta de platos, por ejemplo, era alucinante.

«Pero ¿qué ven mis ojos? —pregunté de nuevo—. ¿Brochetas de coño de oveja?»

«Sí, los coños de oveja son sabrosísimos. ¿Desea probarlos?»

«No lo sé... Me gustaría... ¿Y esto? ¿Espárragos con salsa de semen...? ¡Dios mío! En este país te encuentras el semen hasta en la sopa... ¿Y esto otro? ¿Remojones encoñados...? ¿Qué es?»

«Pero, bueno... ¿es que en París no tienen estas co-

sas? Los remojones encoñados son algo muy simple, como todo. Se coge a una hermosa doncella de unos 25 o 30 años, muy gozadora, muy limpia y más bien ancha; se le lava el coño y luego se seca; después, se le introduce un remojón, es decir, un pedacito de pan como los que se comen con los huevos pasados por agua, pero del grosor de la muñeca y la longitud de la vagina; hecho lo cual, se le cierran los labios mayores con una pinza suave y se masturba a la doncella hasta que el trozo de pan queda empapado de placer. A continuación, se deja macerar un rato al calor del cuerpo y, al cabo de una media hora, se lame a la joven, pero con lengüetazos intensos, para que descargue todo lo que tiene en el sexo. Cuando el remojón está impregnado, se come bien caliente, recién salido del coño.»

«¡Menudo invento!»

«Las tortilleras se relamen, querida. Y usted, que no tiene nada contra ellas, debería probarlo. Se chupará los dedos.»

Fernande eligió los platos que quiso y, poco después, vi que comenzaba a agitarse, arqueando la espalda, entornando los ojos, suspirando...

«¿Qué le pasa?», me alarmé.

«¡Oh, ingenua criatura! Ya se lo he dicho... ¡Tengo la lengua en el culo!», respondió ella, mientras apoyaba en mi hombro su rostro enrojecido por el placer.

«¿Así que ha llamado usted? ¡Oh! ¿Y qué le hacen?»

«Llame... Ya verá... Es exquisito...»

Más roja que ella, apreté el pulsador y, un minuto después, proferí un grito: «¡Fernande! Siento... Me están lamiendo... ¡Oh! ¿Quién es? ¿Un hombre o una mujer?».

«Adivínelo.»

«Es una mujer. Son únicas para esto.»

«No. Son chiquillas de 11, a lo sumo 12 años...»

«¡Oh! ¡Qué viciosa es la mía! Pero, Fernande..., todavía no quiero gozar...»

«No se preocupe, no la hará gozar... Esto sólo es para ponerla a tono... ¿Verdad que ni siquiera le roza la pipa?»

«No... Sólo los labios... Y ahora detrás... está detrás... ¡Oh! ¡La muy guarra!... Mete la lengua dentro... empuja... me penetra... como en la enseña del restaurante... ¡Ah! Sí, voy a gozar... ya viene..., ya viene... No..., se para... ¡Ah! ¡Fernande!»

Nuestras bocas se besaron y nuestras lenguas se unieron. Me sentía totalmente desbordada, pero no me corrí. Y empezamos a comer.

Parque para joder (Jardín público)

Como el suelo es de arena, aquí sí está permitido derramar el esperma. La gente frecuenta mucho este parque.

En cada puerta hay una docena de muchachas colocadas en fila, que preguntan a los visitantes: «¡Señor! ¿Una paja? ¿Una mamada?». Otras corretean sin prisas, exclamando: «¡En mis tetas, cariño! ¡En mis nalgas!».

Entre unos matorrales, sobre la hierba, hay dos o tres parejas jodiendo. Gritos de placer.

Una chiquilla se agarra a un árbol mientras un muchachito, de pie, se la tira a lo perrita.

Una dama gorda intenta introducirse en el culo el

pezón de una nodriza, y frota apasionadamente sus nalgas contra la teta desnuda.

Una muchacha con el pelo alborotado, sentada bajo un árbol, repite sin cesar: «¡Señores, déjense chupar la polla! ¡Es mi especialidad!». A su alrededor, la tierra está cubierta de escupitajos de semen. Se la chupa a un transeúnte, escupe, se limpia la boca con la manga y continúa con su cantinela: «¡Señores, déjense chupar la polla! ¡Es mi especialidad!».

Pequeño quiosco llamado «Enculadero de Señoritas». Tres reservados. Tumbonas. Todo lo necesario para lavarse. La gente acude allí en parejas, pero si se presenta algún señor solo, la hija de la patrona se deja hacer.

Moda

Desnudez. Permitida por la ley. Mal vista por la moda. Signo de indigencia o de baja prostitución.

Las mujeres que van vestidas llevan *siempre* la falda y la camisa cruzadas por delante, según el estilo de los trajes japoneses, de manera que cuando desean mostrarse desnudas hasta la cintura sólo tienen que separar ambos lados del vestido, en lugar de arremangarlo.

Las muchachas y las sirvientas jóvenes no llevan más que la mencionada falda y, por lo general, van con los pechos desnudos.

Cuando comienzan a tener los pechos caídos, llevan blusa.

Las chiquillas van completamente desnudas siempre, hasta la pubertad, es decir, al menos hasta los 12 o 13 años.

Las pobres, las mendigas y las putas que permanecen apostadas a la puerta de su casa, van totalmente desnudas hasta los 40 o 45 años.

Las jovencitas de mundo se visten de pies a cabeza para salir, pero en casa sólo llevan falda y van con los pechos desnudos.

En el teatro, las chiquillas y las jóvenes van descotadas hasta medio muslo. Algunas llevan el coño recién rasurado todas las noches, mientras que otras, en cambio, lucen su propio vello e incluso vello postizo.

Muchas mujeres llevan faldas que tienen, a la altura del coño, una abertura cuadrada cubierta por un paño que se levanta para permitir la práctica de tocamientos, del coito, etc. Este trozo de tela está provisto de dos botonaduras: una para mantenerlo cerrado por abajo y la otra, que se abrocha en la parte superior con dos botones, para llevarlo abierto y levantado. Las prostitutas que prefieren ir completamente vestidas suelen pasearse con este paño levantado.

Las putas apostadas a la puerta de su casa, en las calles más bulliciosas, llevan abundantes adornos en la cabeza y el resto del cuerpo completamente desnudo.

Es frecuente ver muchachas desnudas asomadas a las ventanas de las mejores casas. Las jovencitas que no pueden salir sin vestirse, se exhiben en la ventana sin cubrirse lo más mínimo. Ni siquiera les está vedado hacerse follar allí mismo.

Hay muchachas a las que divierte llevar vestidos obscenos: bragas abiertas entre los muslos, blusas con dos agujeros para que emerjan los pechos... A veces, las muchachas sodomitas se pasean enfundadas en un

maillot negro de cuerpo entero, al que se ha practicado una gran abertura circular en la parte posterior, para dejar las nalgas al descubierto.

Se cuida mucho la higiene íntima (abundancia de baños, lavabos, etc). Sin embargo, las necesidades naturales se ejercitan con la misma ausencia de pudor que las relaciones sexuales. Por ejemplo, una jovencita que pasea con una docena de personas puede decir: «Tengo ganas de cagar», con la misma naturalidad con que diría: «Tengo hambre». Cagará al pie de un árbol y su mojón suscitará comentarios entre los demás. Está perfectamente admitido.

Bailes

Para organizar un baile es preciso disponer de dos salones.

En el primero se bailan las «Danzas para calentar», y en el segundo las «Danzas para follar». Las parejas van de un salón a otro alternativamente.

Las «Danzas para calentar» son de una obscenidad extrema: muslos entrelazados, frotamientos del felpudo o las nalgas contra la picha, cadena inglesa con el dedo en el culo, etc.

Las «Danzas para follar» sólo se bailan en posición horizontal. Cuarenta banquetas estrechas amueblan el salón reservado al efecto. Bailarines y bailarinas se aparean allí como mejor les parece y follan, al ritmo de la orquesta, en el coño, en el culo o en la boca.

En las puestas de largo, donde las jovencitas bailan entre sí, por lo general una de cada pareja lleva sujeto un consolador bajo el vientre, y las escenas de

tribadismo resultan tanto o más apasionantes que las folladas de los bailes mixtos.

Fiestas

Campeonato de Follada. — Desde hace siete años la campeona es una tal X, que en el gran concurso anual jodió con 123 hombres, uno tras otro, durante 14 h y 51 m. Los años anteriores, seis mujeres que intentaron batir su récord murieron en el estrado antes de haber alcanzado las cifras de X. En la nueva convocatoria del concurso, y ante 18.000 espectadores delirantes, una tal Y bate el récord, jodiendo con 130 hombres durante 15 h y 6 m. Es aclamada. Una mujer ofrece 20.000 francos por lamerla en el estado en que se encuentra. Aplausos. Hurras. Emoción nacional.

Campeonato de Sodomía. — Al día siguiente, una jovencita de 19 años se proclama vencedora con un récord de 82 hombres en 8 h y 16 m sin interrupción. Es coronada entre los aplausos de la multitud, y expulsa por el ano una enorme cantidad de semen mezclado con sangre, que deposita en un recipiente de oro. Intenta ponerse en pie, pero vuelve a caer, víctima de una hemorragia en el recto. Su traslado al hospital es seguido por un cortejo de 20.000 personas. Expira. Duelo de la multitud. Suscripción para erigirle una estatua, o más bien un grupo escultórico que la representará bajo su primer enculador y con 81 hombres empalmados tras ella.

Procesión de las Lesbianas. — Anual. La integran varios miles de jovencitas desnudas, todas con un consolador en el pubis y enlazadas por parejas. Además, carrozas de lesbianas lamiéndose o follándose; imágenes del Coño, la Lengua y el Falo; estandartes con inscripciones obscenas; escuadrones de jovencitas sin consoladores, que pasan masturbándose unas a otras; etc. En cabeza, una mujer tan grande como un bombo lleva a una jovencita sentada sobre sus hombros, con el coño contra su boca, y la lame mientras desfila; cada vez que la jovencita se corre, la multitud prorrumpe en vítores. En el otro extremo de la procesión, desfilan 40 jovencitas con consoladores en el culo, y a continuación otras tantas que sostienen los tirantes de los mismos.

Navidad. — Mujeres velludas hacen las veces de árboles de Navidad para las familias ricas. Llevan juguetes atados al cabello, a los pelos de ambas axilas y a los pelos del coño. Se les extraen juguetes sorpresa del coño y del culo para hacer reír a los niños.

Feria

Caballos de madera. — Son falos sobre los que las muchachas montan a caballo.

Barracas de acróbatas. — En ellas hay trapecios y anillas que son utilizados como simple pretexto para mostrar a las muchachas en las posturas más abiertas. La mayoría de ellas tienen los pelos ridículamente rizados. Otros ejercicios: sentarse sobre un bolo y le-

vantarlo con el coño o con el culo; lanzar un consolador y atraparlo con el coño, etc.

Domadores y domadoras. — Leonas y tigresas folladas por su domador. Fieras chupadas por la domadora o realizando el coito con ella.

Barraca «La muchacha con un solo agujero». — Ruptura del tabique rectovaginal a consecuencia de un acto de sodomía brutal. Ausencia de cuidados. Los dos orificios se confunden.

Museo de Fisiología. — Maquetas de cera representando todas las posturas del coito vaginal, anal, bucal, etc. Gran escultura central representando a una mujer copulando con un rinoceronte. Comentario: «¡Oh, Mélie! ¡Mira! ¡Y no le da miedo! ¡Menuda polla! ¡Lo que se necesita para desvirgarla!».

Pan de centeno, miel y especias. — Falos y vulvas con nombres escritos en azúcar.

Ruletas. — Los premios son consoladores.

Barraca de las Cabras. — «¡Pasen, señores, pasen! ¡Preciosas cabras a diez céntimos! ¡Por diez céntimos, un picherazo rápido en el culo! ¡Vacíen sus huevos, señores!»

La Bella Pedonanista (barraca). — Bonita muchacha con los dos brazos amputados, que se frota el clítoris contra pieles de animales y, luego, se hurga el coño y el culo con los dos pies. Se corre coincidiendo

con las horas. Horario de 4 a 10. A las 11, espectáculo nuevo. Se deja meter en el coño y el culo las más grandes pollas presentes, mientras cosquillea los huevos con los dedos de los pies.

Colegios

Son mixtos, de chicos y chicas.

Dormitorios. — Camas de dos. Cada semana, los mejores alumnos de ambos sexos tienen derecho a elegir su compañero o compañera de cama. Los demás concubinatos son supervisados por la dirección. En cuanto a los niños castigados, se acuestan solos y la tutora tiene prohibido chupársela. La tutora se acuesta al fondo del dormitorio, en una gran cama de burdel provista de espejos, en compañía de una chica y un chico elegidos entre los mejores alumnos.

Recreo. — En el jardín. Hay público detrás de la verja, mirando joder a chicos y chicas. Y hombres que pasan sus pollas a través de la verja para que las pequeñas colegialas se las mamen. Y vendedoras ambulantes que, por dos pavos, suministran golosinas, cuentos obscenos y consoladores.

Recreo (Colegio de chicas)

(El recreo tiene lugar en el mismo patio que el de los chicos de la escuela contigua, y a la misma hora.)

Jugar a la mano caliente: la chiquilla debe adivinar quién la ensarta o la lame por detrás.

Jugar a la paja más corta: con tres pelos del coño.

Jugar al escondite: el objeto está escondido en un coño.

Jugar a la comba en el culo: dos crías introducen en sus respectivos anos los dos mangos de la misma comba, y a continuación caminan lentamente en sentido inverso, apretando el ano todo lo posible. Gana, por tener un ano más vigoroso, la que consigue retener el mango cuando la otra deja escapar el suyo.

Jugar a mear como las vacas: diez crías se agachan con las manos en las rodillas, la espalda arqueada y el trasero levantado. Gana la que mea más lejos hacia atrás, y el premio consiste en elegir a una cría para que le lama.

En clase

La maestra pregunta a una jovencita muy rubia: «¿Cómo se consumó el matrimonio de Luis XVI?».

«Luis XVI tenía el miembro viril mal formado. Se encontraba aquejado de fimosis, y...»

«¿Qué es una fimosis?»

«Una fimosis es... es un... es...»

«No lo sabes. Bien. ¿Y tú, Suzette, que ríes como si lo supieras?»

La pequeña se levanta de un salto y responde con locuacidad: «Señorita, es cuando la piel del plátano...»* (Estallido de risas).

* El juego de palabras que sugiere el término «plátano» es sólo un pálido reflejo del que el autor utiliza en el original, barajando las expresiones francesas *peau de la pine* (piel de la polla) y *peau de lapine* (piel de coneja o, mejor, del conejo). (*N. del T.*)

«¡La piel del plátano! ¿Qué manera de hablar es esa? Os tengo dicho que no utilicéis expresiones con doble sentido.»

«Es cuando la... la... la abertura del prepucio es demasiado estrecha para la punta del rabo.»

«¡La punta del rabo! ¿Cómo se puede hablar así?»

«El glande de la verga.»

«¿Y qué sucede cuando el prepucio es demasiado pequeño para el glande?»

«Bueno, pues que cuando el señor intenta meter el plátano en el culo de una virgen, le hace mucho daño y no puede entrar. O sea que al no tener el virgo roto, María Antonieta se hacía comer el chichi por las tortilleras.»

Sucesos

Idilio interrumpido. — La señorita Annette J..., enarbolando un gran consolador nuevo, se follaba a lo perrita a la señorita Blanche B... bajo el porche del Tribunal de Cuentas, cuando ésta profirió un grito desgarrador. Alguien le había metido la mano entre los muslos y la había agarrado brutalmente por los pelos. El conserje del Tribunal y el agente de servicio atraparon al sátiro y lo condujeron a la comisaría. Se trata de un tal Jules D..., tipógrafo, de 17 años de edad. Por toda respuesta, el joven no supo decir más que esto: «Resulta lamentable ver a una muchacha tan guapa montando a otra, en lugar de mirar si yo estoy empalmado». Este siniestro individuo deberá comparecer ante la Sala de lo Criminal.

Consumición no pagada. — Julia B..., una muchacha llamada *Bocagrande*, pretende alimentarse gratis chupándosela a los sementales en la calle. Sorprendida ayer por la mañana con una picha de caballo en la boca, y tras tragarse toda la eyaculación del animal, tuvo la desfachatez de exigir dos pavos al cochero por las molestias. El hombre, por su parte, le rogó que pagara treinta céntimos por la consumición que había tomado, y como quiera que no conseguían ponerse de acuerdo, la condujo a la comisaría de policía más próxima. Una vez allí, Julia B... confesó llorando que esa mañana ya se la había chupado a ocho caballos, que le gustaban más los caballos que los hombres porque meaban diez veces más semen, y que sólo de esa manera evitaba morirse de hambre. Fue absuelta.

Ingratitud. — Ayer, un individuo sospechoso seguía a una joven mendiga bastante bonita que callejeaba completamente desnuda, cuando ésta se detuvo ante la granja Martin y pidió humildemente a la dependienta: «Por favor, señorita, deme un dedo de mantequilla para que me puedan encular». La caritativa dependienta le dio lo que pedía, y la mendiga se untó el ano, sufrió el coito rectal contra la pared y luego, aprovechando que la vendedora se encontraba ocupada al otro extremo del escaparate, se sentó con descaro sobre un bote de leche, cagó dentro el semen que quería expulsar y se dio a la fuga a toda velocidad, antes de que pudieran atraparla. Informada del incidente, la patrona de la granja se echó a reír y renunció a denunciarla.

Juegos peligrosos — La señorita M... B..., jugando con una pistola que creía descargada, se introdujo el

mango en el coño para masturbarse y permitió que su hermana pequeña se metiera el cañón por el ojete del culo. En mitad de sus goces recíprocos, sonó un disparo y la desdichada criatura tuvo que ser trasladada al hospital, donde expiró dos horas más tarde.

Una revista

El título era muy femenino: *Vagina*. «Es nuestro *Femina*», me había dicho Fernande. La primera página estaba totalmente ocupada por una gran fotografía que representaba una vulva de chiquilla con pelos incipientes. El pie de foto rezaba así:

«EL COÑO DE LA PRINCESA MARGUERITE. — Hace dos años ofrecimos la primera imagen de este coñito ideal. Hemos considerado oportuno fotografiarlo de nuevo, ahora que los primeros signos de la pubertad comienzan a sombrear sus contornos. La encantadora princesa se ha prestado a ello de muy buena gana, inmediatamente después de su masturbación matinal.»

La segunda página contenía un artículo sobre las «señoritas de Montalencaux, hijas de la duquesa», y las dos hermanas aparecían fotografiadas en la posición simétrica denominada, según creo, sesenta y nueve.

Escena en una librería

Yo había entrado para comprar una guía de la ciudad. Dos chiquillas de unos doce años entraron detrás de mí. La mayor se acercó a la dependienta y

le dijo: «Deme algo bueno, señorita. Ya no tengo nada con que hacerme pajas».

«¡Oh! Bien... Si es para hacerse pajas, tengo éste que acaba de aparecer: *Curso superior de masturbación, de utilidad para jovencitas*...»

«¡Uf! Ya tengo tres cursos de masturbación... Siempre dicen lo mismo.»

«Pero éste es el último que se ha publicado y está ilustrado con fotografías. Mírelo.»

La chiquilla, hojeándolo, dijo: «Veamos... No, esto ya lo conozco... Esto también... Esto también... ¡Vaya! Este sí que no lo conocía. —Y, dirigiéndose a su amiga, añadió—: Mira, Fifí, aquí explica cómo construir un consolador doble con unas pinzas para el azúcar, algodón hidrófilo y dos dedos de guante de hombre. Te metes un brazo de la pinza en el coño, el otro en el culo, y te pellizcas por dentro... ¡Uh! ¡Debe ser una maravilla...! Le compro el libro... Y en plan novelas ¿qué tiene?»

«¿Quiere *La Virgen del Burdel*?», preguntó la dependienta.

«No, nada de vírgenes.»

«¿Y *María Boca Cagona*?»

«No, ésa debe ser grosera. Me gustan bonitas.»

«¿Ha leído *Coño de Coral*?»

«Sí. Me la sé de memoria, pero es más bien para críos.»

«¿Y *Sarah, la enculadora de muchachas*?»

«¡Ah! Creo que la he leído. Cuando la terminé, me pasé seis meses haciéndome encular por hombres y mujeres en cualquier esquina... Era un libro realmente chic... ¿Tiene algún otro del mismo tipo?»

«Sí, tengo esta novedad: *El hombre de las siete pollas y la muchacha de los siete agujeros*.»

«Enséñemelo... ¡Oh, debe ser bueno...! ¡Y está ilustrado! Fifí, mira cómo se aplican... Sí, me lo quedo, señorita.»

«Ya verá como le gusta. Una amiga me dijo: "Es de lo más excitante. ¡A masturbada por página!"»

La pequeña le metió mano a la dependienta en la entrepierna y le dijo con descaro: «¡Puerca! ¿Y no acabas mojada vendiendo semejantes guarrerías?».

«Estoy mojada, pero no por ellas, sino por usted.»

«Pues venga esta tarde a casa y le daré una lamida.»

«¿Cuál es la dirección?»

«Calle del Chochito, 18. ¡Hasta luego! ¡Ah, y no se haga ninguna paja antes de venir, porque quiero echarme algo al coleto!»

Juguetes

Todos los muñecos son sexuados. Sexos de un tamaño superior al normal.

ADÁN Y EVA. Artículo desnudo. Muñecos articulados que se aparean de todas las maneras conocidas.

MUÑECA TRÍBADA, con seis consoladores de formas diferentes.

JOVENCITA EMBARAZADA PARIENDO. Al oprimir el vientre, el bebé sale por el coño.

Otra versión: Nuevo artículo cómico. El bebé sale por el ojete del culo. (Gran éxito.)

BEBÉ INCANSABLE que dice «pichita» y «culito».

PAPÁ Y MAMÁ.

JEANNETTE SE HACE UNA PAJA.

LAS PAJILLERAS.

EL ASNO Y LA JUDÍA.

EL VIEJO SÁTIRO Y LA PEQUEÑA ENCULADA. Juguetes mecánicos. Existe el mismo modelo con un fonógrafo que reproduce el diálogo de los personajes.

EL BURDEL. Salón de burdel ambientado con seis putas arremangadas, una *madame* y un cliente.

LA MUCHACHA DE LOS SIETE AGUJEROS (inspirada en la novela de reciente aparición). Artículo de gran tamaño que realiza el coito por la vagina, la uretra, el ano, el ombligo, los dos pezones y la boca.

LA PEQUEÑA BOLLERA. Gran muñeca con la lengua de caucho. Funciona dándole cuerda y lame de maravilla.

CONSOLADORES PARA CHIQUILLAS. Los hay en todas las tallas, con frasco de sucedáneo de semen. Se venden a domicilio, en cestitas, por 0,20 francos.

LA ODALISCA. Muñeca oriental de 1,20 metros de estatura, completamente desnuda y con el coño y el culo de caucho, que los críos pueden utilizar como concubina.

LA HERMAFRODITA. Artículo económico para uso de una chica y dos chicos.

LA HERMAFRODITA BOLLERA. El mismo artículo, pero dotado de lengua que se acciona mediante cuerda, útil para dos crías y dos críos.

JUEGOS DE POLLA (Bolos).

COÑOS TRAGABOLAS, rubios, morenos y negros.

BOLICHES DE LA POLLA Y DEL CULO.

POLICHINELA PRIÁPICO con dos pollas, una delante y otra detrás, para entretener a dos chiquillas a la vez.

LA GOZADORA. Muñeca vestida. Con sólo meterle el dedo en el coño, comienza a gritar: «¡Ah...! ¡Más...! ¡Ah...! ¡Más!».

EL AMANTE MAMADO. Joven vestido de gala. Cuando se le chupa la polla, ésta eyacula semen.

PUTAS con traje y sombrero. Mejillas maquilladas. Mirada pícara. Billetes en las ligas.

PUTAS HUCHA que se abren de piernas al introducirles dos monedas en la ranura.

CABRA con el coño y el culo en cuero flexible, para críos de ocho a diez años.

Teatros

Cuando entramos en el Scala Obscena acababan de levantar el telón. En el escenario había cuatro actores, entre ellos una jovencita que estaba siendo sodomizada por el galán joven y lamida por una chiquilla, mientras cantaba moviendo las nalgas:

¡No! ¡Ya no quiero masturbarme!
Quiero ser una muchacha honesta.
Ahí está mi hermano para encularme,
mientras mi hermana me lo chupa.

Por su parte, el hermano cantaba:

¡Oh! ¡No es que yo sea un calavera!
Es que siempre, haga frío o calor,
prefiero dar por el culo a mi hermana
que ir al burdel de la esquina...

Entonces, la pequeña replicó con voz chillona:

¡Oh! ¡No es que yo sea una puta!
Es que mi culito no es bastante ancho,
y por eso me paso la noche entera
bebiendo del chocho de mi hermana

Y el padre, robándole la jovencita al enculador, le deslizaba el miembro entre los labios mientras entonaba:

¡A mí me importa un bledo ser cornudo!
Las noches en que mi mujer duerme fuera,
agarro a mi hija por los pelos del culo
y le meto todo el capullo en la boca.

La caída del telón fue recibida con aplausos atronadores. Al pie de mi palco, un jovencito rubio me dirigió un encantador saludo: «Señorita, sus labios me ponen cachondo. Ardo en deseos de correrme en su boca. ¿Quiere usted mamármela?». Dicho lo cual, me entregó su tarjeta: «Marcel Morély, carrera de la Bellavulva, 22».

«¡Mámasela! —me susurró Fernande—. Es la costumbre. Y además, es muy amable.»

A pesar de mi turbación, eché un vistazo a la sala y vi escenas similares por doquier. Entonces, haciendo gala de una osadía de la que no me creía capaz, respondí: «Acepto, señor, pero con una condición: como estoy tan mojada como usted cachondo, antes tiene que lamerme».

«Con verdadero deleite, señorita.»

Subió al palco, se arrodilló entre mis piernas y co-

menzó a lamerme. Lo hacía tan bien que, un minuto después, volví el rostro encendido hacia mi compañera y murmuré: «Fernande, voy a gozar. Méteme la lengua en la boca, te quiero, lo hago por ti...».

A continuación se la mamé al joven, que al final, para mi sorpresa, sólo me ofreció un trago. Asombrada, exclamé: «¡Oh, qué poco semen!».

«¡Ah, señorita! Es la undécima vez que me corro hoy..., pero ha sido la más deliciosa. ¿Sabe? Todavía tengo un pelo suyo en la boca. Voy a guardarlo en este medallón para recordarla eternamente.»

Al salir, Fernande dijo: «Para acabar la velada podemos elegir entre dos espectáculos, el *Teatro Inmundo* o el *Teatro de la Porquería*. No sé cuál de los dos le resultará menos desagradable, pues ambos alcanzan aproximadamente el mismo grado de ignominia. De todos modos, ¿quiere que vayamos?».

«Vayamos», respondí.

Tras pasar por taquilla, entramos. La sala estaba repleta de público. Sobre todo obreros, con los que se mezclaban algunos hombres vestidos de frac y una cantidad considerable de mujeres elegantes, que habían acudido allí por el placer de exhibirse y, también, excitarse.

El comparsa, en maillot, arrastraba por el escenario a una muchacha desnuda, muy morena y con unas tetas enormes, mientras proclamaba: «Vean, señores y señoras. Vean a la grandísima guarra que se anuncia fuera, y que se comerá los mojones de las damas y los

caballeros presentes como si fueran patatas. Es la puta de mi hermana, Carlotta la Comemierda, que fue cagada por el mismo culo que yo —grandes risas— en el burdel de la calle de las Zorras. Era todavía una mocosa y andaba ya por los rincones jalando caca. ¿Es cierto o no, zorrona?».

«Sí, macarra, pero me gusta más cuando está caliente.»

«¡Ya lo ven...! Quienes quieran cagar en la boca de mi hermana, no tienen más que subir al escenario. Se lo comerá todo, cagalera y zurullos. Y además, cosa que no verán en ningún otro lugar, si le entran ganas de vomitar tiene a su lado la bollera llamada Margot-Náusea, que se tragará la vomitona sin desperdiciar ni una gota.»

Entonces intervino Margot-Náusea para exclamar: «Sí, me tragaré toda la mierda que la señora arroje en mi boca, y sólo la echaré fuera mañana por la mañana... por el ojete del culo».

De nuevo, grandes risas.

«¡Ya lo ven...! —repitió el comparsa—. Quienes deseen cagar en la boca de mi hermana, no tienen más que bajarse el calzón.»

Yo estaba indignada.

«¡Oh! Es excesivamente inmundo —le dije a Fernande—, no soporto mirarlos ni oírlos.»

«Pues vámonos. Vomitará expresamente. Todas las noches hace lo mismo, pero en el fondo le da exactamente igual. ¡Está tan acostumbrada...!»

La familia de Lucienne

Sr. Lavige. 52 años.
Sra. Lavige. 36 años.
1. — Bernard. 21 años.
2. — Lucienne. 19 años.
3. — Didier. 15 años.
4. — Sabine. 13 años.
5. — Lilette. 10 años.

SERVICIO
Laurence. — 24 años. Institutriz de las niñas.
Tiennette. — 18 años. Doncella de la señora.
Rosine. — 17 años. Doncella de las señoritas.
Mélanie. — 38 años. Cocinera.
Julien. — 20 años. Ayuda de cámara.
Futite. — 13 años. Marmitona.
Rémy. — 12 años. Groom.

Laurence

24 años. Morena cenicienta. Institutriz de las niñas.

Coño velludo, con largos pelos sumamente finos. Vagina bastante estrecha porque no jode demasiado. Labios negruzcos muy desarrollados. Grueso clítoris. Hermosos senos y nalgas redondas. Grandes ojos oscuros. Mucho cabello.

Onanista casi siempre solitaria. Lesbiana pasable (las tres jovencitas se acuestan gustosas con ella). Es una mala folladora con el coño, pues el coito no la hace gozar, pero le gusta mucho hacerse pajas mientras la enculan (con picha o consolador).

Sabine opina que desnuda está muy hermosa. Se acuesta con frecuencia en su cama y es feliz cuando Laurence la estrecha entre sus cálidos muslos, contra sus pelos y sus pechos desnudos. Sin embargo, Laurence no ofrece su lengua si no es en la boca. Mientras se besan, cada una se hace una paja. Laurence goza con furor. Y Sabine se siente feliz porque Laurence está hermosa.

Didier sabe que, hacia las seis de la tarde, se puede llamar a la puerta de Laurence y encontrarla a punto. A veces se resiste y, sentando a Didier sobre sus rodillas, le dice: «Cariño, me he masturbado cinco veces desde esta mañana; ya no puedo más». Pero, como Didier está caliente, ella suspira y cede. Se acuesta atravesada en el borde de la cama, levanta los muslos, se hace encular por abajo y se masturba con los ojos cerrados. «No goces. Espérame. Está a punto de venir.» Y comienzan los movimientos de la pelvis, los estremecimientos del sexo, los suspiros profundos. «No digas nada, vete. Déjame descansar.»

Tiennette

18 años. Cabello castaño oscuro. Ojos azules. Poco pecho, pero nalgas prominentes. Se rasura el coño todas las mañanas.

Tríbada profesional. Educada en la isla de las Tortilleras. Violentos deseos sexuales, aunque sólo hacia las mujeres.

Sodomía con los hombres. No chupa, y el coito le produce horror, pero ofrece gustosa sus nalgas.

Es la doncella de la señora Lavige. Su ocupación

principal es lamer y masturbar a su señora varias veces al día.

A Lucienne, Sabine y Lilette les divierte su ardor lesbiano. Tiennette es «la que no necesita hacer el sesenta y nueve». Le basta con lamer el coño de Lucienne: goza sin necesidad de que la toquen.

Es también una tríbada perfecta. Con el juego del coño con coño se excita, se empapa, transmite su ardor a la chica que se está follando, se corre y hace que ésta se corra maravillosamente. Cuando Lucienne o Sabine invitan a una amiga, el programa siempre incluye una sesión de tribadismo con Tiennette.

Además, cuando juegan con el consolador y necesitan una enculada, Tiennette siempre está dispuesta. Lilette nunca olvidará una tarde en que Tiennette, ante quince amiguitas, fingió estar encinta, se extrajo del coño una muñeca de porcelana y, a continuación, diciendo que aquello aún no había acabado, levantó los muslos contra el vientre y dio a luz dos muñecas gemelas por el culo, mientras todas las crías reían hasta las lágrimas.

Didier persigue a Tiennette y la besa en la boca: «No seas mala, chúpamela. Nunca me la has chupado».

«¡Oh, no, señor Didier! No me gusta el semen. Y además, yo no sé chuparla. ¿Quiere que llame a Rosine? Gozará más en su boca.»

«No. Quiero gozar contigo.»

«Muy bien, tengo un agujero para eso. Búsquelo con el dedo... ése no; ése es para las chicas... Aquí. Ya lo tiene. Éste es para los señores.»

«¡Guarra! ¿Cómo lo hacemos?»

«Siéntese en la silla y yo me pondré a caballo encima de usted.»

«¿De frente, dices?»

«Si quiere...»

Sin embargo, todo eso no son más que bromas, porque a Didier le vuelven loco las nalgas de Tiennette, y la encula al menos una vez al día en cualquier posición.

Rosine

17 años. Morena alta y seria. Cara redonda. Encantadores pechos, siempre desnudos. Coño grande, de coloración oscura y rodeado de una pubescencia negra, muy rizada. Ano amplio y bastante profundo. Boca húmeda.

Doncella de las señoritas Lavige.

Tiene mucha clase y siempre se comporta correctamente. Hija de una institutriz, a la edad de diez años Rosine entró como pupila en casa de una cortesana de renombre, que la educó y pervirtió a la perfección. Tres años después decidió cambiar el estado de puta por el de doncella, porque tenía el coño delicado y los excesos del burdel la ponían enferma. Sin embargo, es una tríbada, lesbiana, folladora, feladora, onanista y sodomita tan dócil como correcta.

Llama a la puerta del cuarto de Lucienne, que está sola. «Pase», responde ésta.

«Son las tres y media. ¿La señorita piensa hacerse una paja?»

«¿Por qué, Rosine?»

«Porque va a venir el señor Roger, y si la señorita está calentorra joderá mal.»

«Tienes razón, pero házmela tú. Sola, me aburro.»

Por su parte, Sabine, pensativa, se limita a recordar a su amiguita: «Te dije lo sorprendente que era, ¿no?».

Bernard llama a Rosine y la recibe empalmado. Ella dice: «¡Oh! Señor, debe ser razonable. Dentro de media hora llegará la señorita Lucienne con ganas de joder».

Bernard la agarra del coño y le pregunta: «¿Y tú? ¿Tienes ganas?».

Ella cierra los ojos, se deja acostar en la cama y, contorsionándose con la picha en el coño, murmura: «Cuando llegue le comeré el culo para que no le queden ganas de nada más».

Los despertares son el principal servicio de Rosine. Las tres jovencitas exigen despertares voluptuosos, aunque cada una tiene preferencias diferentes. Lucienne quiere ser despertada con el dedo, y Rosine la masturba suavemente para hacerla gozar antes de que despierte, mezclando así su goce con su última ensoñación. Sabine prefiere la lengua, y si Rosine consigue lamerla es porque duerme tan profundamente que se deja separar los muslos sin perder ni un detalle de sus sueños. En cuanto a Lilette, nada le resulta tan placentero como ser despertada por el contacto del coño de Rosine en su boca.

Lilette está enamorada del coño de Rosine, que le parece el más bello del mundo. Todas las mañanas lo besa, no sólo al despertar, sino sobre todo mientras Rosine la ayuda a lavarse. Cuando Lilette se porta bien ocho días seguidos, el fin de semana le permiten que pase con Rosine una noche entera. Y cuando Lilette, acostada, consigue con su lengua que goce el coño de Rosine, entreabierto sobre su rostro, su ale-

gría se manifiesta irreprimible: «¡Se ha corrido, Rosine! ¡Tu precioso coño se ha corrido!».

Didier. Rosine es la mamadora habitual de Didier.

Futite

13 años. Delgada. Rubia pajiza. Lleva retraso: todavía sin formar; ni pelos, ni tetas. Coño amplio y rojizo.

Hija de puta. Fue pupila en varias casas de putas a los ocho, nueve y diez años.

Está en casa de los Lavige en calidad de marmitona.

Va siempre descalza y completamente desnuda. Se peina con una trenza a la espalda.

Es a la vez la esclava, el bufón y la puta de todos los criados, hombres y mujeres.

Está acostumbrada a recibir indistintamente una bofetada en la mejilla, una picha en el coño o un culo de mujer en la boca. Siempre está de buen humor.

Divierte a todo el mundo por su carácter obsceno, sus réplicas y su jovialidad.

Se sabe de memoria una cantidad asombrosa de innobles canciones de burdel, que canta durante todo el día en la cocina, con voz chillona.

Cuando se oye cantar en el sótano:

Tengo dos coños en la piel del culo
que saben chupar muy bien la polla.
Tengo dos coños en la piel del culo,
¿no te pones caliente, cariño?

nadie duda que se trata de Futite con su repertorio.

También canta cosas como:

Cuando tenga pelo en el felpudo
cagaré un niño, un hijo de puta,
y le haré mamar mi pequeña pepitilla
mientras un cliente me chupa la teta.

«¡Pequeña asquerosidad! —exclama Mélanie—. ¿Cómo puedes cantar semejantes cosas? Se nota que nunca has tenido hijos.»

«¡Ya lo creo! —responde Futite—. He cagado tres mil. El semen me chorrea constantemente por las piernas y hace que me salgan costras en las pantorrillas.»

Y continúa cantando a voz en grito:

¡Ah! ¡Qué coñazo son los folladores!
No me dejan ni para hacerme pajas sola.
Encasquétame tu rabo entre los dientes
y mea toda tu leche en mi boca.

«¡No lo dirás dos veces!», replica Julien, que se lo toma al pie de la letra.

Le mete la picha en la boca y se corre. Futite no se lo traga, sino que corretea alegremente por la cocina como si fuera a escupir el semen sobre alguien. Mélanie le atiza un bofetón que la hace babear, y a continuación otro, demasiado fuerte, que la hace llorar. Entonces, tapándose los ojos con el brazo, comienza a gimotear: «¡Vieja babosa! ¡Esta noche ya puedes meterte el rodillo de la cocina en el ojete del culo, porque no seré yo quien te lo chupe, sucia vaca!».

Pero un cuarto de hora más tarde ya no se acuerda de nada.

Sabine, que tiene la misma edad, quiere y admira mucho a Futite. Le encanta jugar con ella cuando Futite no tiene nada que hacer, entre las cuatro y las seis. Se van al cobertizo, a retozar en la paja. En cuanto se quedan solas, se tutean.

Futite debe enseñar a Sabine una nueva manera de gozar cada día, pero su experiencia e imaginación son tan variadas que no le supone ningún problema.

Sabine la adora. Le hace constantes escenas de celos. «¡Guarra! —le dice—. ¡Acabas de dejar que te jodan! ¡Y yo que no me masturbo desde esta mañana para reservarte toda mi leche! ¿No te da vergüenza?»

«No —responde Futite—. Porque yo te he reservado la leche de hombre que acaban de embutirme en el coño. ¡Es pura delicia! ¡Chúpala!»

Futite tiene ocurrencias francamente divertidas. Mete el mango de un látigo en el coño de Sabine y le hace cosquillas en el clítoris con la tralla. Introduce pelotitas de goma en el ojete del culo de su amiga y hace que ésta se las cague en la boca. Coloca un cabestro de caballería entre dos sillas, hace que Sabine se acomode en ese asiento agujereado, se tumba debajo con el vientre contra el suelo, y le dice: «Mea en mis nalgas».

A Sabine, todas estas cosas le parecen maravillosas.

Fernande — *Su desvirgamiento*

Estupefacción de Bernard. ¡Un virgo de 18 años! ¡Un virgo con pelos largos! Le pide permiso para fotografiarla, como si fuera un fenómeno, antes de desvirgarla. Fernande posa con los muslos separados, de frente y de espaldas.

Es necesario que alguien la desvirgue. La ley lo exige.

Primero, ella se la mama a Bernard. «Es mi costumbre —dice—. Hasta que no se la chupo, los hombres me intimidan. No me atrevo a desnudarme.»

Después, tras haber saboreado el semen y tras un cuarto de hora de intercambiar palabras tiernas, se hace desvirgar a lo perrita. «Es más elegante —afirma—. En Francia, únicamente las hijas de los tenderos se hacen desvirgar acostadas.»

Lucienne y Bernard

Una noche, Lucienne y Bernard se acuestan juntos. Fernande se acuesta con ellos en la amplia cama, pero les pide que la dejen tranquila porque está agotada después de haberse corrido siete veces desde que despertó. Así pues, todo sucederá entre los dos hermanos. Como Fernande está allí, Lucienne propone: «¿Quieres que nos lo juguemos a los dados?».

Bernard acepta.

Los Dados. — Es una vieja costumbre de la isla, y sus reglas son muy sencillas. El resultado de la primera tirada, según los puntos que se saquen, significa:

1. — En la boca.
2. — En el coño.
3. — En el culo.
4. — A elección de la chica.
5. — A elección del chico.
6. — A elección del público.

La segunda tirada indica la postura y, según los puntos, significa:

1. — El chico encima de la chica, por delante.
2. — El chico encima de la chica, por detrás.
3. — La chica encima del chico, por delante.
4. — La chica encima del chico, por detrás.
5. — De lado, con la chica por delante.
6. — De lado, con la chica por detrás.

Sacan un dos y un tres.

«¡Bravo! —exclama Lucienne—. Me moría de ganas de joder.»

Se abalanza sobre su hermano y realizan el coito. Escena muy tierna y apasionada. Flujo de palabras: «¡Te quiero! ¡Qué hermoso eres! ¡Amor mío...!». A continuación, gritos de placer. Fernande, excitada, se mete mano en el coño.

Veinte minutos más tarde vuelven a tirar los dados y sacan un seis y un dos. Lucienne dice: «Es a lo perrita».

Pero en cuanto a la elección del agujero, la que decide es Fernande. «Hay que cambiar de agujero», declara.

«¡Puerca! —exclama Lucienne, abrazándola—. Estaba convencida de que me haría encular. Es usted mala. Yo quería seguir jodiendo. Me siento llena de leche.»

«Esa leche será para mi boca —replica Fernande—. Pónganse encima de mí, en la postura del sesenta y nueve. Bernard la enculará y yo la haré gozar, pero no con la lengua, estoy demasiado cansada, sino con los dedos. Inclinaré la cabeza y le chuparé el coño, mientras los huevos de su hermano se pasean por mi

mejilla y yo me complazco en contemplar la picha entrando y saliendo del culo. Me beberé todo su goce, querida.»

Se colocan adecuadamente. Fernande lame el culo de su amiga, lo prepara para la picha de Bernard, introduce dos dedos en la vagina, presiona el pulgar contra el clítoris, masturba, chupa, etc.

Hacia medianoche, Lucienne insiste en tirar los dados por tercera vez. Saca un tres y un cuatro, y comienza a quejarse: «¡Qué mala suerte! Mientras que mi señor hermano acomoda sus posaderas en mitad de mi cama, a mí me toca hacer de chica de burdel, agacharme sobre su polla, encularmela...».

Pero hay que aceptar el resultado, y Lucienne decide tomárselo a risa. Se levanta desnuda, va hacia el tocador, se pinta con carmín la boca y el ano, toma del armario una minúscula bata transparente y se la pone, dejándola abierta. Luego, acercándose a la cama, dice: «Haré bien el putón, amiguito, pero tú..., ¿serás amable conmigo?».

Bernard ríe. Lucienne comienza a darle lametazos alrededor del sexo, le levanta los huevos, le lame el culo y le mama la picha. Luego, se pone en pie sobre la cama, se agacha y se encula.

Fernande y Bernard

Suelen pasear juntos por la ciudad.

Al pasar frente a una pequeña tienda de paraguas, Bernard se fija en una joven y elegante dependienta que permanece de pie en la puerta. «Una boca preciosa —dice—. Sólo le falta mi picha.»

«¡Eso es precisamente lo que yo estaba pensando!», responde la dependienta riendo.

«¿Quieres?»

«¡Por supuesto! Pasen, pasen.»

Una vez están los tres en la trastienda, Fernande le arremanga el vestido para verle el coño y la dependienta se resiste: «¡Oh, señorita! No miré ahí, por favor. Hace ocho días que no me lo he rasurado. No está muy hermoso que digamos».

«¿Por qué?»

«Verá, es que hay una clienta habitual que viene a practicar tribadismo conmigo y le gusta más cuando rasca», explica la joven, echándose a reír.

A la puerta de un pequeño lavadero, la patrona proclama: «¡Entre, señor! Le enjabonaremos la punta del capullo para que pueda encular a una de estas hermosas muchachas».

No hay más que tres, y se ríen meneando las nalgas, al tiempo que dicen: «Estamos en la postura adecuada».

Le embadurnan el glande con espuma de jabón y encula a la tercera, que rompe a reír. Las otras dos se muestran celosas. Una de ellas coge la pala y se mete el mango en el agujero del culo, mientras canturrea: «Mi amante está más empalmado que el tuyo».

Más allá encuentran a un joven obrero con un miembro enorme, que se le empina al mirar a Fernande. Ella ríe y le pregunta: «¿Es por mí?».

«Ya lo ve.»

«Y si te dijera que sí, dónde me meterías eso?», pregunta empuñando el miembro.

«Donde usted quisiera», responde él con la mirada baja.

Fernande contempla lo que tiene entre sus manos y dice: «Tienes la picha demasiado grande, voy a chupártela».

El obrero se sienta en el alféizar de una ventana para ponerse a su altura, y ella se la chupa en plena calle, ante dos crías que comentan: «¡Oh! ¡Qué polla más hermosa...! Señorita, cuando haya terminado, ¿nos dejará la gota que quede en la punta del capullo?».

Bernard entra con Fernande en la Escuela Popular de Prostitución, de la que es accionista, con el pretexto de hacer una inspección. Solicita la presencia de la mejor chiquilla en safismo, para ella, y de la mejor en sodomía, para él.

Las chiquillas se presentan haciendo carantoñas.

La primera dice: «Señorita, ¡qué dulce me resulta contemplar las partes vergonzosas de una persona de mi sexo y cubrirlas de besos! Doy gracias a la naturaleza por haberme dado una lengua para demostrarle el amor que me inspira y para lamerle la entrepierna, si usted me lo permite».

La segunda dice: «Señor, ¡qué estremecimiento me produce imaginar que su larga picha va a introducirse en mi trasero! Desearía que mi tímido ano fuese tan dúctil como mi boca, para poder besarle la polla

Margot

Tras un año de estancia en la isla, Fernande se encanalla, se emputaniza. Empieza a prendarse de chicas de diez pavos y de chulillos de pacotilla que se la follan por el mismo precio.

Un día, Rosine (doncella de las señoritas Lavige) le dice mientras la masturba: «Señorita, ¿ha cagado alguna vez en la boca de una chica? ¡Oh! No lo digo por mí, yo no lo hago, pero conozco a una que sí, y no es que sea fea...».

«¿Deja que le caguen en la boca?»

«Por cien pavos.»

«¿Dónde?»

Rosine conduce a Fernande al fondo del jardín y abre una portezuela que da al recodo de un callejón. No se ven más que dos casas y, justo enfrente, un angosto establecimiento con la inscripción: «LO HAGO TODO. MARGOT».

Fernande entra sola. Margot está allí con su pupila, ambas desnudas. Margot es una chica alta y gorda, con los pechos caídos, el coño sin rasurar y un aspecto dulcísimo, dócil y sumiso.

En cuanto Fernande empieza a hablar, la pupila responde sin que le pregunten nada: «Todo lo que usted desee, señorita». Y Margot confirma: «Todo lo que desee».

Fernande intenta cagar. La pupila se coloca debajo y le abre el ano sobre la boca de Margot, pero todos los esfuerzos resultan inútiles. Deciden que Fernande vuelva a la mañana siguiente.

Vuelve al día siguiente, a las siete, vistiendo camisón y bata, despeinada, sin lavar. Se desliza en la

cama de Margot (que duerme), le acaricia los pechos, le besa la piel, le introduce dos dedos en el coño y dice: «¡Ah! ¡Tengo ganas de cagar! Abre la boca».

Margot se tumba en el desnudo suelo. Fernande caga abundantemente. Margot mastica y traga, con los labios impregnados de excrementos. Fernande, tras meársele en las tetas, se da la vuelta, frota su vulva contra el rostro de Margot y grita: «¡Rápido, rápido! ¡Lámeme con tu boca llena de mi mierda! Y goza dos veces seguidas».

Después de lavarse, Margot vuelve a echarse en la cama, donde Fernande la abraza y le dice: «¡Sólo te amo a ti! ¡Ninguna chica había hecho nunca por mí lo que tú acabas de hacer!». Y acto seguido, como una hembra en celo, la tribadiza, coño con coño, y goza de nuevo. Después, tras hacer gozar a Margot, le lame la vulva y le mete la lengua en el recto, en la boca, en todas partes.

Durante tres semanas es presa de una pasión desenfrenada. Todas las noches, hacia las cuatro de la madrugada, al regresar de sus desenfrenos en la ciudad, Fernande va a acostarse con Margot y la lame, la besa, la masturba, la chupa y, en cuanto puede, caga en su boca.

Antes de hacerlo, la pupila le mete el dedo en el culo y dice: «Es un mojón enorme, señora Margot». O bien: «Es mierda blanda».

Margot se ha convertido en la amante favorita y la confidente de Fernande. Se besan la boca y el culo cientos de veces cada hora.

Una noche, Fernande lo visita en compañía de Bernard y Didier.

Un tercio del pasaje está bordeado por muros de jardines, a lo largo de los cuales se exponen una treintena de chicas prácticamente desnudas; sólo llevan un chal sobre los hombros, y zapatos y calcetines en los pies.

Nada más entrar, a unos pocos pasos, se encuentra un joven enculando a una chica, de pie contra el muro. Fernande, Bernard y Didier observan sin molestarles. El joven goza. La chica recibe unos pavos, besa al hombre en la boca y, mientras éste se aleja, caga el semen al pie del muro. Fernande le da dos pavos, la enlaza por el talle, le mete dos dedos en el culo y pregunta: «¿Te ha enculado bien?».

«¡Ah, señorita! Prefiero los dedos de usted a su rabo. Ha gozado en mi cloaca, pero estoy más mojada por usted que por él.»

Se acercan más. Las chicas salmodian: «Ven, cariño, tengo el agujero caliente... Ven a encularme... Toca mis preciosas nalgas; ven, mete la polla dentro... Ven aquí, ven a follarme en el culo, me gusta... Por cinco pavos puedes meterla hasta los cojones... Cuatro pavos por acostarme contigo... Cuatro pavos por meterla hasta el fondo».

El resto del pasaje está ocupado por celdas situadas en los bajos, donde las chicas se exponen de espaldas. Están ayudadas por pupilas que les separan las nalgas y les hacen propaganda: «¡Miren, señores, el precioso ojete fruncido del culo! ¿Quién no desearía meter el rabo dentro? ¡Miren cómo meto la lengua!».

Didier se deja tentar por la primera muchacha, que es morena y gorda. Entran todos. La encula a lo perrita en la cama, lentamente, masturbándola. La chica exclama: «¡Ah! ¡El muy cerdo! ¡Me ha hecho gozar!». Se introduce un dedo en el coño y lo saca impregnado de licor.

En la casa contigua, dos chicas gordas se acercan a Didier y le dicen: «¡Mira qué par de culos, guapo! ¡Puedes saltar de uno a otro!». Fernande y Bernard dejan a Didier con sus enamoradas y continúan caminando.

Un poco más lejos encuentran a una joven alta apostada a la puerta de su celda. Es muy guapa, está desnuda y tiene el coño rasurado. Sus pechos son espléndidos. Se da una palmada en el muslo, sonríe y dice en voz baja: «Ven...». Bernard entra, seguido de Fernande. La joven vacila al ver a Fernande y le pregunta: «¿Es celosa, señorita?».

«¡Oh, no!»

«Si me corro con él, ¿no se enfadará conmigo?»

«¡Claro que no!»

Entonces, la muchacha agarra a Bernard por el cuello y le dice: «Soy nueva en la calle, pero me gusta que me enculen. Házmelo bien, amor mío. Tengo ganas de gozar».

Y cuando Bernard le acaricia el coño, exclama: «¡Ah! ¡No me masturbes! ¡Quiero gozar por el culo!». Luego, frotando su piel contra Bernard, añade: «Llámame Antonia mientras me enculas. Es mi nombre. Quiero que me ames. No soy una puta, soy una chica caliente que viene aquí para gozar. Me encularás bien, ¿verdad? Me rasuro el coño para sentir mejor los pelos de tus cojones. Encúlame hasta el fondo».

Antonia se coloca a cuatro patas. La pupila moja el ano y la picha. Bernard la encula. De repente, Antonia levanta la cabeza, la deja caer de nuevo, mueve el culo con violencia, gime, se retuerce, grita y se corre bruscamente, separando los muslos y restregando el coño contra la cama.

(Unos meses más tarde, Antonia será una de las concubinas del príncipe Albert.)

Enseña de la casa siguiente: «El Mojón». Florence le pregunta a la muchacha: «¿Es tu nombre?».

«Sí, hermosura. Ven a marranear en mi trasero y te explicaré por qué.»

Fernande entra.

«Mamá me llamaba el Mojón porque decía que había tenido que traerme al mundo por el agujero del culo, ya que sus clientes sólo la enculaban. Yo hago lo mismo, trabajo con mis nalgas. ¿Dónde tienes el consolador?»

Fernande le dice muy seria: «Voy a encularte y a masturbarte, pero ¿gozarás?».

La joven baja la mirada y responde: «Claro, tengo

Durante un lapso en el que no tiene amante, se hace una paja enmedio del escenario y expande un torrente de líquido para mayor alegría de los pequeños espectadores. El mismo recurso escénico se repite con Arlequín cuando es masturbado por la casta Isabel: se produce una explosión de risas en el momento en que él, sintiendo que va a correrse, le mete la verga en la boca y la obliga a tragar torrentes de esperma.

Al salir, se dirigen al burdel más importante de la isla.

«Señorita, ¿quiere a la pequeña Nini, como siempre?», pregunta la patrona.

«¡No, no! ¡Quiero ver el salón!», responde Lilette.

Entran en el salón, donde hay veintidós chiquillas con la bata abierta. Lilette elige a la que más excitante le resulta, una pequeña morena que esboza unos pasos de danza del vientre mientras se pasea la lengua por los labios.

Una vez en la habitación, Lilette le pregunta: «¿Cuántos años tienes?».

«Nueve y medio. Debería tomar conmigo a mi amiga... Es la rubia alta. Utilizaremos consoladores. Yo la encularé, se deja hacer. Hágala subir, pasaremos un rato maravilloso.»

Enmedio de una plazoleta se erige la estatua de una cría desnuda, delgada, que se masturba de pie con los ojos cerrados, el vientre hacia adelante y los muslos separados. La inscripción reza: «Berthe Richette. 1901-1910».

«Es una chiquilla que murió masturbándose —explica Lilette—. Tenía nueve años. Se pasaba todo el día haciéndolo. —Y con un tono sentencioso añade—:

Es una mártir de la voluptuosidad. Esta estatua se sufragó por suscripción popular.»

Fernande y Bernard

Bernard le dice a Fernande: «Lilette no le ha enseñado nada. Si quiere ver los rincones curiosos de la isla del Chocho, venga conmigo. Yo se los mostraré». Fernande acepta.

Una de ellas se la chupa a Bernard de manera bastante convincente.

La isla de las Tortilleras

Al igual que la isla del Chocho, está situada en el centro del río que atraviesa la capital. Es bastante grande: 33 calles tortuosas, dos plazas, una avenida y el muelle que la rodea.

Está habitada únicamente por mujeres. Ningún hombre puede entrar allí. El castigo es la cárcel. Incluso la policía y toda la administración son femeninas.

La única vía de comunicación con la ciudad es el Puente de Safos, cerrado por una barrera que vigila la Inspectora de Sexos. Todas las mujeres que lo franquean deben enseñarle el coño; así se evita que se cuelen travestidos.

No está prohibido a quienes la habitan que se hagan joder en la ciudad, y son muchas las que no se privan de hacerlo; sin embargo, si una de ellas da a luz un bebé de sexo masculino, debe enviarlo con una nodriza o trasladarse de domicilio con él.

Lucienne conduce a la isla a Fernande, que de inmediato muestra su admiración por el puente, con sus cuatro pedestales que sirven de soporte a otros tantos grupos sáficos esculpidos en mármol: en el primero, una joven que está de pie es lamida por una mujer sentada entre sus pies; en el segundo, dos jóvenes se masturban mutuamente con las manos cruzadas; en el tercero, tribadismo de pie, con los muslos entrelazados y las bocas unidas; y en el cuarto, coito a lo perrita, de pie, con consolador.

Las muchachas muestran sus sexos a la Inspectora y pasan. En el puente se venden consoladores a dos pavos.

Al final del puente, cuatro o cinco chiquillas mendigas corren a su encuentro y les dicen: «Señorita, señorita, lamo muy bien».

«¡Andad, andad! ¡Haceros una paja! —exclama Lucienne—. No os necesitamos para nada.»

Les da unas monedas y continúa caminando.

«¿Adónde vamos?», pregunta Fernande.

«Al Museo. Es ahí.»

Es el monumento que hay frente al puente. Fernande lee: «Museo de Lesbos». En el vestíbulo, un cartel reza: «Se ruega depositar los consoladores en el guardarropa». Hay unos sesenta, de todas las formas y tipos, colgados con placas numeradas.

Venden un catálogo ilustrado.

Enmedio del vestíbulo se yergue una estatua de bronce: *El nido de los besos*. Representa a una muchacha tumbada boca arriba, con las rodillas colocadas bajo las axilas y las manos bajo los muslos, que abre con sus dedos una vulva muy velluda. Es costumbre entre las chicas besar lo que la estatua ofrece, razón por la cual el sexo ha sido desgastado por los labios de las visitantes.

En lo alto de la escalera, otra estatua: *El amor*. Es de mármol y presenta a una chiquilla con dos alas en la espalda y un consolador en erección sobre el sexo.

Primera Sala de Pinturas (paisajes):

12. — *Las segadoras*. Dos jóvenes campesinas se tribadizan sobre un montón de heno. En primer plano, otra chica más joven se hace una paja mientras las contempla.

18. — *La cabrera*. Pequeña cabrera a cuatro patas en la hierba. Un macho cabrío la monta. Otra muchacha pasa la mano bajo el vientre del animal y le introduce la picha en el coño.

29. — *La recolección de bananas*. Una jardinera mira la fruta desde lo alto de una escalera.

31. — *El espejo campestre*. Una joven desnuda emerge, de pie, sobre una superficie de agua que le cubre hasta medio muslo, y abre las piernas para observar el reflejo de su coño en el agua.

36. — *El postre*. Tras haber comido en la hierba, dos jóvenes campesinas se lamen una a otra.

43. — *Las meonas*. Agachadas unas frente a otras, seis chiquillas pueblerinas mean juntas, al pie de un muro. Cuadro famosísimo.

54. — *La fiesta de la granjera*. La granjera está desnuda a cuatro patas en su jardín, rodeada por siete muchachas. Cada una de éstas lleva un consolador atado al vientre, y una se la folla a lo perrita mientras las demás se disponen a relevarla.

Segunda Sala (retratos):

123. — *La señorita Rosalba*, de la Comedia Italiana. Está desnuda, 3/4 de espalda, con la cabeza inclinada sobre un hombro, flores en el cabello y un consolador en el ojete del culo.

127. — *La marquesa de Orce ataviada de prostituta*. Lleva una bata abierta. Va maquillada y cuidadosamente peinada. Dos lacitos de satén le adornan los pelos del coño. Mira de reojo y enseña la punta de la lengua por la comisura de la boca.

132. — *Las señoritas Jeanne e Ivonne T...* Ambas desnudas. Una está sentada y la otra a horcajadas sobre

un muslo de su hermana. Con las piernas abiertas, entrecruzan los brazos para masturbarse una a otra.

141. — *Retrato de la artista y su hija*, por la señorita Juana Montez. La artista se representa sentada. Su hija, agachada entre sus piernas, le abre los labios del coño y apoya con ternura la mejilla en su muslo.

148. — *SAR la princesa Alice*. Aparece practicando el 69 con una de sus camareras y haciéndose encular por el consolador de otra. Este grupo obtuvo la Medalla de Honor en el Salón del año anterior. La princesa lo donó al museo lésbico.

«Ahora —anuncia Lucienne—, una vez concluido el aprendizaje a través de la imagen, pasaremos al curso superior.»

«¡Oh! —exclama Fernande—. Estoy demasiado caliente para asistir a clase. Voy a correrme de un momento a otro. Una lengua de mujer me produciría excesivo placer... ¡Qué pena que aquellas crías del puente fueran tan desaliñadas! Una pequeña besucona y torpe es justo lo que necesitaría en este momento...»

«Eso es fácil —asegura Lucienne—. Aquí hay de todo.»

En efecto, entre las tiendas de comestibles, las papelerías y los talleres de costura, aparecen por doquier reducidos y angostos establecimientos de prostitución lesbiana, con una inscripción sobre la puerta que indica su especialidad. En una dice: «Pajillera». En otra: «Consolador». Allá: «Chumino» (la inscripción más frecuente). Más lejos: «Lamida». Lucienne llama la atención de Fernande sobre el rótulo «Chiquillas».

Ante la puerta abierta no hay más que dos peque-

ñas, bastante bonitas y completamente desnudas. Tras ellas está la *madame*. «¡Oh! ¡Ésta!», exclama Fernande, tomando a una entre los brazos y besándola en la boca. Lucienne le explica a la pequeña: «La señorita está calentorra. Se correrá enseguida, pero no quiere ponerse nerviosa. Lámele el coño como si fuera una rebanada de pan con mermelada, apoyando la lengua sin hacerla vibrar, ¿entendido?». Al primer contacto, Fernande estrecha la cabeza de la cría contra su carne y goza, exclamando en un suspiro: «¡Ah! ¡Qué ganas tenía...!».

Al salir, dos de las pequeñas mendigas, que las habían seguido, comentan en tono de burla: «¡Vaya! ¡Tanto llamarnos mocosas para acabar viniendo a que les coman el coño semejantes mierdosas!».

Fernande y Lucienne pasan por delante de una charcutería donde se exhiben unos salchichones que, atados por sus extremos con unos cordones de los que penden, evocan la forma fálica. «¡Oh! ¡Mire!», exclama Fernande.

Y Lucienne le responde: «Sí. Los usan para hacerse pajas y luego se los comen».

En el centro de una plaza, un grupo escultórico en bronce representa a dos mujeres haciendo el 69. Se trata de una estatua fuente. El agua fluye de las dos vaginas como si estuvieran gozando constantemente.

Oficina de colocación. Especializada en bolleras. Dispone de probadores. (En cuanto se queda sola, Fernande toma una criada de este establecimiento.)

«Madre e Hijas.» (Enseña) «¿Le resulta divertido ver cómo dos crías lamen a su madre?», pregunta Lucienne.

«Por un momento, sí», responde Fernande.

Lucienne lleva a Fernande a una *fábrica de consoladores*; primero visitan el taller, donde unas cuarenta obreras confeccionan consoladores de diferentes formas, y luego la tienda. «Desearía un consolador con dos brazos», pide Fernande.

«Por supuesto, señorita. ¿Me permite que le tome medidas?»

La dependienta le introduce en la vagina una especie de horma, similar a un espéculo. Fernande necesita un «22 estrecho». Tras medirle también la distancia del coño al culo, la dependienta le enseña varios consoladores de diferentes formas.

El primero es un gran falo, debajo del cual hay dispuesto otro, más delgado, para penetrar el ano.

El segundo presenta una disposición inversa: el falo delgado está arriba: «Es para follar a lo perrita —explica la dependienta—. Vendemos mucho este artículo. ¿La señorita desea probarlo?»

«Con mucho gusto», responde Fernande.

Una pequeña dependienta se ata el consolador perrita. Fernande presenta su grupa. Los dos brazos penetran, se agitan... «¡Es delicioso! —exclama Fernande—. Pero no estoy acostumbrada a tener tan poca cosa en el culo. ¿Tiene consoladores con los dos brazos del mismo tamaño?»

Tienen lo que Fernande desea. «¡Traiga el modelo de la princesa Alice!», ordena la patrona a una obrera del taller. Vuelven a probar... «¡Magnífico! —exclama Fernande—. Es exactamente igual que si fueran dos hombres. Deme dos de este modelo, uno con el mango curvo, para utilizarlo sola, y otro con un cinturón metálico para hacerme follar por mis tortilleras.»

Además, encarga que le envíen a casa una botella que lleva la siguiente inscripción en la etiqueta: «Semen esterilizado. Varias medallas de oro» (es esperma de caballo), pero se lleva en un paquete los dos consoladores dobles, cada uno en su estuche.

El establecimiento siguiente es una tienda de comestibles. En la puerta hay varias dependientas con consoladores atados a sus vientres desnudos. Cartel con la inscripción: «Se folla gratis a toda clienta que realice una compra de 3 francos». Fernande y Lucienne entran a curiosear. Al fondo, acostada en una banqueta, una criada, a la que una dependienta está ensartando, grita con todas sus fuerzas: «¡Sigue! ¡Sigue! Soy lenta en gozar, pero ya llega, estoy a punto... ¡Pellízcame en los repliegues!».

Peluquería. Entran. Lucienne ordena: «Para la señorita, lavado y permanente del felpudo. Para mí, afeitado del coño».

Enjabonan el coño de Lucienne y lo rasuran en la sala común. «¿Quiere que apure, señorita? ¿Hacia arriba?»

«Sí, sí.»

Fernande, más nerviosa, se agita. En cuanto le enjabonan la vulva, comienza a suspirar: «Me está excitando».

La joven peluquera se detiene: «Lo haré como la señorita desee. Si quiere gozar...».

Por toda respuesta, Fernande agarra a la joven por el coño, le separa los labios, le mete dos dedos hasta la matriz... La joven sonríe y, a su vez, masturba a Fernande con aplicación y habilidad. Fernande se corre; luego, se arrellana en el sillón y se deja hacer: lavar, peinar, rizar... «Nada de rizos pequeños —comenta Lucienne, que está observando—. Limítese a separar bien los pelos para dejar el coño al descubierto.»

Cuando termina su trabajo, la joven peluquera le dice a Fernande: «Señorita, ¿desea mirarse con este espejito? La pepitilla ha quedado bien visible; no será difícil encontrarla». Fernande, satisfecha, paga y se va.

Visita. Lucienne se detiene ante un hotelito y llama al timbre. Una criada abre la puerta y le dice: «La señora ha salido, pero las señoritas están arriba. Si la señorita desea subir, las encontrará en la cama; es la hora de la lamida». Seguida de Fernande, Lucienne sube y encuentra a las dos hermanas haciendo el 69. «¡Oh! No se molesten», se disculpa.

«No es ninguna molestia. ¡Tenemos mucho tiempo!»

Besos. Caricias en los coños. Presentación de Fernande, a quien del mismo modo que dirían: «¿Té o chocolate?», le preguntan con amabilidad: «¿Dedo, lengua o consolador?».

«Lengua», responde Fernande dando las gracias.

Acto seguido, la acuestan y, mientras levanta los muslos, se excusa: «A estas horas no me queda mucha leche».

«¡Oh, señorita! A las cinco de la tarde todos los coños bonitos están vacíos.»

No obstante, la lamen, y con tanta habilidad que consigue correrse. Todo un éxito. Exclamaciones de admiración. Después de haber gozado, las dos hermanas vuelven a lamerle el coño. «¡Qué leche más perfumada! No había bebido nunca nada tan exquisito!»

Por la tarde. 7 h. — Es la mejor hora para ir a ver, cuando las pequeñas obreras salen de los talleres, el Gran Burdel de a dos pavos. Lucienne lleva allí a Fernande. Es una sala amplia, sin muebles, adornada simplemente con alfombras y tapices, donde más de cien mujeres desnudas se revuelcan unas sobre otras. Unas cuarenta putas satisfacen a más de sesenta clientas. Las recién llegadas pagan a la entrada dos pavos por diez minutos, dejan sus vestidos en el guardarropa y entran desnudas. Introducen a Lucienne y Fernande en un corredor circular con ventanas que dan a la gran sala. Olor de mujeres en celo. Gritos de placer. Abrazos. Disputas. Risas. Lágrimas. Jaleo infernal.

7 h 20 m. — Un pasaje tortuoso. Las muchachas, desnudas a la puerta de su casa, detienen a las tran-

seúntes, abren sus coños, hacen vibrar sus lenguas, presentan sus tetas. Una dice: «Ven a darme tu jugo. Tengo sed. Déjame beberlo». Y otra: «Si pones el culo en mi boca, meteré la lengua en tu trasero hasta alcanzarte el estómago». Y otra: «¿Por qué no entráis? ¿Tenéis la regla? ¡No importa! Me lo beberé todo».

A la izquierda, en la esquina de una callejuela, Fernande descubre a una chiquilla de 13 años que está de pie, llorando, y le pregunta: «¿Qué haces ahí?».

«Estoy desconsolada.»

«¿Te engaña tu tortillera?»

(Signo de afirmación.)

«Véngate conmigo.»

Fernande la toma entre sus brazos, la besa en la boca, le mete mano en el coño... «¡Oh! ¡Qué bien sabe hacerlo!», exclama la pequeña. Y, arrodillada en el suelo, eleva su boca hasta el coño de Fernande, para chuparlo y lamerlo como lo haría un perrito. «¡Ah, señorita! ¡Si quisierais gozar! ¡No he bebido jugo de coño desde ayer por la mañana!» Pero Fernande se reserva, la abraza y se aleja.

El Jardín de Lesbos. — Music-Hall. Gran vestíbulo por donde pasean una multitud de putas lesbianas muy elegantes. Algunas apenas van vestidas: tan sólo llevan sombrero, un cinturón que sujeta una cola de tela, medias y zapatos; el resto del cuerpo, desnudo. Muchas joyas.

En los palcos y delante de cada butaca hay un distribuidor automático que ofrece, por un franco, un consolador nuevo y el derecho a utilizarlo.

Cada palco dispone asimismo de un diván, un bi-

det fijo con grifos de agua caliente y fría, y un armario con toallas. El diván está cubierto con una funda de batista blanca que, como es natural, se cambia todas las noches. Estos palcos son muy codiciados por las jóvenes putas lesbianas, porque les permiten exhibirse ante un público elegante en el ejercicio de su profesión.

Además, rodeando el vestíbulo hay una segunda fila de palcos enrejados donde se reúnen las tríbadas maduras o las jóvenes discretas que prefieren follar sin ser vistas.

Por último, un gran jardín contiguo a la sala alberga un centenar de parterres con divanes de mimbre. Muy solicitados y bulliciosos durante los entreactos.

(Evidentemente, no hay vigilantes ni músicos, sino vigilantas, músicas, etc.; y el servicio de consumiciones está a cargo de sirvientas.)

Fernande y Lucienne entran vestidas de noche, con los pechos totalmente desnudos y el corte de la falda muy acentuado a la altura del coño. «¡Oh! ¡Qué preciosos pelos negros! —exclama una joven puta al cruzarse con Fernande—. ¿Puedo probar?» Pero Lucienne arrastra a Fernande y le dice en voz baja: «Esas mujeronas resultan incómodas en un palco. Puesto que a usted le gustan las chiquillas, tomemos dos; ocuparán poco espacio entre nuestras piernas».

Programa de la representación

1.ª parte

1. — Su lengua. Vals.
2. — La señorita Roselys.

Canta una canción muy tonta, pero que hace reír a las dos amigas a causa del nombre con el que empieza el estribillo:

¡Fernande! ¡Fernande!
¡Qué caliente me pongo por ti!
Tu chocho es como una almendra
que me excita la pepitilla
¡Fernande! ¡Fernande!
¡Qué caliente me pongo por ti!
¿A qué hora te sueles acostar?

3. — Las hermanas Sbelliani. Trapecistas.

Desnudas. Diversos ejercicios. Suspendidas de dos trapecios, se columpian una hacia otra abriendo las piernas, hacen chocar sus coños, se sujetan con los muslos y se tribadizan en el aire. Luego, una se ata al vientre un consolador, mientras la otra lo coge con la boca y permanece suspendida de él por los dientes. Etc. Por último, hacen la rueda en la postura del 69.

4. — Las Dildoson's. Clownesas.

Sombrero puntiagudo blanco. Colorete. Zapatos rojos. Una pluma en el culo. El resto, desnudo. Llevan el coño rasurado.

Empiezan haciendo la rueda por el suelo en la postura del 69, para burlarse de las trapecistas; de pronto, se detienen y una de ellas dice: «Maud, es usted una puta asquerosa, me ha meado en la cara».

«No, no he meado, Mary *darling*, me he corrido.»

«¿Acaso se corre como una yegua cuando mea?»

«*Yes*, Mary *darling*...»

Tras realizar diversos ejercicios, Maud camina con las manos, separando los muslos, y Mary le lanza des-

de lejos, con un pequeño arco, consoladores que ella va atrapando con el coño. Mary finge apuntar mal en el último lanzamiento, pero en esta ocasión Maud coge el consolador con la boca.

5. — La pequeña Lilí. 10 años. Voz aguda. Rostro aniñado.

A la puta que folla a mi madre,
yo la llamo papá.
Le encanta lamerme el trasero,
cuando mamá no está.
Protesto cuando mamá vuelve,
porque esa especie de cornudo
me mete su consolador en el sexo
o en el ojete del culo.
ESTRIBILLO
Ya no necesito hacerme pajas.
Es papá mi bollera.
Es mamá
mi amante.

6. — Culadas. Galope (orquesta).

2.ª parte

7. — El escuadrón de las tríbadas. Marcha.
8. — La señorita Antonia. Cantante elegíaca.
9. — Zannetine. Ilusionista cómica.

Llega desnuda por completo y extrae de su vagina, sucesivamente, un pañuelo, un espejito, una polvera, una barra de labios, un libro pequeño, un monedero, la llave de su habitación, la foto de su tortillera, una caja de bombones, un reloj, unos imperti-

nentes, etc. Todo ello para responder a las preguntas o los desafíos de diferentes personajes que se encuentran en el escenario. A continuación se vuelve, suelta por el culo un enorme consolador, se lo ciñe y viola a todos los personajes.

Este número divierte extraordinariamente a las chiquillas que abundan en la sala.

10. — Las pajilleras. Danza lesbiana.

Muy obscena. Las dos muchachas están desnudas; una es velluda y la otra está rasurada.

11. — La media paja. Monólogo recitado por la señorita (...).

Una amiga la ha masturbado y luego la ha abandonado, sin hacerla gozar. Vuelve a empezar una vez, tres veces, diez veces, y siempre es interrumpida por ruidos del exterior, por alguien que llama a la puerta, por el timbre del teléfono, por un mantel que tiene agarrado con la mano izquierda y que al caer lo desparrama todo por el suelo, etc. Finalmente, goce completo acompañado de gritos agudos y de una mímica que la sala aplaude enfervorizadamente.

12. — Las yeguas enamoradas. Presentadas por la señorita De Votzenwald.

Una de ellas, que lleva atado al vientre un gigantesco consolador largo como el miembro de un caballo, es obligada a lamerle el culo a la otra y, a continuación, a subírsele encima como hacen los sementales y montarla. Gran éxito.

Inmediatamente después, las Dildison's vuelven a entrar en escena y obligan a realizar el mismo ejercicio a dos pequeños simios hembras, que son acogidos con risas escandalosas.

Un joven de 15 años, señalando a una mujer de 30, dice: «Sí, acabo de casarme con mi madre. He regularizado mi situación».

Y la madre apostilla: «¡Qué daño me hizo en el coño este pequeño monstruo para venir al mundo...! Lo menos que podía hacer después era darme gusto».

El hijo añade: «Cuando empezamos, yo tenía cinco años ¿verdad, mamá?».

«¡Mi amor, tú siempre has estado empalmado!», responde la madre.

Una señora de 50 años entra en una mercería y se desploma en una silla. «¡Oh! ¡Qué ganas de joder! —dice— ¿Tiene algún hombre?»

La patrona se apresura a responder: «Señora, el mozo ha salido, pero aquí hay tres jovencitas que son unas bolleras maravillosas. Le harán todo lo que usted desee».

«¡No! ¡Nada de lengua! ¡Ah! ¡Me encuentro mal! ¡Quiero una picha! ¡Una picha en el coño!»

Rápidamente, la aprendiza se precipita hacia la puerta y proclama a voz en grito: «¡Un follador! ¡Un hombre empalmado! ¡Cualquiera que quiera metérsela a una señora caliente! ¡Dense prisa! ¡Está a punto de correrse!».

Gruesos falos de madera o de metal fijados a las paredes exteriores de las casas, lo suficientemente bajos para que puedan utilizarlos mujeres de cualquier altura. Largos rastros húmedos de goce resbalan por la pared.

Al volver una esquina, Fernande se detiene y exclama: «¡Oh! ¡Qué abyección!». Allí hay una mujer sentada de espaldas en un banco elevado, con un cartel que dice: «Enculen a la pobre ciega». A la izquier-

da, un recipiente para el dinero. A la derecha, un pequeño bote de sebo para engrasar el agujero. De pie junto a ella, una chiquilla que repite: «Enculen a la pobre ciega». Un colegial pasa, echa dos pavos, encula, y la pequeña le limpia el miembro con un trapo. Fernande, que acaba de comprar, por capricho, un consolador de 0,95 francos en un pequeño comercio, lo ata al vientre de la cría y le dice: «Encúlala tú misma». La pequeña lo hace.

Una sucia granujilla recorre a zancadas una callejuela de barrio, cantando a voz en grito una canción de actualidad:

¡Sí, yo soy! Yo soy la niña aprovechada
que le ha chupado la picha a papá.
¡Eh, oiga! ¡Mamá no tiene que saberlo!
¡Eh, señor! ¿Verdad que no se lo dirá?

Llaman a la puerta de un hotelito. La sirvienta se presenta completamente desnuda, con un consolador erecto en el pubis. «Perdón, señora, no acostumbro a salir así, pero es que a esta hora es cuando jodo a la señorita.»

Un joven obrero está de pie, apoyado en una pared, mientras su hermana se la menea lentamente diciendo: «Señoras y señoritas, prueben un traguito de semen. ¡Miren qué llenos tiene los cojones!». Una anciana se acerca, paga, chupa, traga y comenta sonriendo: «¡Muy bueno! ¡Muy bueno!».

En una trastienda situada cerca de un internado, puede leerse esta inscripción: «Bolleras». En la puerta hay dos muchachas vestidas con ropa obscena. Abordan a las chiquillas que pasan, les meten mano en el

coño y les dicen: «Ven a gozar, preciosa, somos de lo más guarro». Tienen clientas fijas, madres que les llevan a sus hijas todos los días, antes o después de las clases, cuando las pequeñas han hecho bien los deberes.

Una noche, Fernande, ligeramente achispada, va al burdel de las vírgenes, donde se encuentran encerradas las chicas núbiles que conservan ilegalmente su virginidad. Elige a una para desvirgarla con el consolador. La pequeña protesta y llora: «¡Oh, no! ¡Usted no! ¡No quiero que me desvirgue una mujer!».

«No soy una mujer puesto que, como puedes ver, tengo una picha.»

Dos *madames* sostienen a la cría, que no cesa de gritar, y le separan los muslos. Fernande la desvirga por el coño y por el culo, y acaba metiéndole el consolador en la boca, antes de lamerle la sangre que fluye del coño. (Incluir este episodio al final de la primera parte, como síntoma revelador de la transformación que ha sufrido Fernande.) Inmediatamente después, la invitación a la Corte.

Todas las fuentes públicas representan a una mujer desnuda haciéndose una paja o meando, de pie, agachada o, más a menudo, arrodillada, con la cabeza apoyada en el suelo y la grupa abierta. El agua siempre sale del coño.

Calasemen. Es la playa de moda. Las jóvenes se bañan allí completamente desnudas. Fotografías. Escenas entre nadadores y nadadoras. Chiquillas que se masturban en el agua, a pocos metros de la arena.

Antes del baño, una joven que tirita de frío se hace

follar de pie por detrás, en la arena, delante de todos; a continuación se lava en el mar.

Círculo de tiendas y casetas de caña, donde las mamás charlan y trabajan. Enmedio, dos jóvenes hacen el 69 en la playa, mientras otras les introducen los dedos en el culo, les manosean las tetas, etc. Las madres no prestan atención.

Caseta municipal: «La Bella Pallijera. 0,10 francos». Una mujer guapa, con ropajes obscenos y el coño y los pechos desnudos, masturba a las chiquillas sobre sus rodillas. «Mamá, dame dos pavos para la caseta.»

«No seas pesada. Hazte una paja tú sola.»

«Es que la señora lo hace mejor. Son las tres. Dentro de una hora habrá cola y no se podrá entrar.»

«¿Te crees que cuando yo tenía tu edad me daban dinero para que me pagara las pajas?»

«Claro que no, mamá, pero porque no había casetas como ésta. Si no, también habrías pedido.»

«Bueno, toma tus dos pavos y cállate de una vez. ¡Pero mañana no me vuelvas a pedir!»

«¡Gracias, mamá!»

Internado lésbico

Patrocinado por los padres temerosos de que sus hijitas abusen del coito.

Sabine Lavige es una de sus alumnas.

Principales disposiciones y normas:

1. — Camas dobles. Cada alumna elige a su compañera de cama y puede hacer con ella todo lo que le plazca durante las once horas que permanecen acostadas (desde las 9 de la noche hasta las 8 de la mañana).

zos y una señora comenta a su vecina: «¡Ah! ¡No cabe duda, querida! Estas señoritas de teatro son únicas para desvirgar a nuestras hijas adecuadamente. ¡Ya ha oído a ese pobre angelito! Acababan de machacarle el coño y todo lo que ha dicho es: "¡Mamá, estoy gozando!"».

Programa de una sesión dominical en el Internado lésbico.

1. — Coro cantado por la clase de las pequeñas:

En este lugar, cuando nos toqueteamos
¡qué poca cosa nos parecen los cojones!
¡Abajo las pichas y los chicos!
¡Vivan los coños y las tríbadas!

2. — Discurso a cargo de la directora.

3. — Monólogo cómico, ejecutado por una ex Safo de catorce años, que aparece en camisón y peinada con una trenza, se arremanga y se masturba; luego, mientras cuenta que a ella la pone «calentorra» una de sus tías, que tiene veinte años, describe la desnudez de esa joven y una escena lesbiana de la que ella ha sido testigo, y finalmente se interrumpe para correrse, etc. (*Escribir el texto.*)

4. — Sainete protagonizado por una tutora y la nueva Safo.

La tutora va vestida como una chica de burdel, desnuda bajo una bata de tul, muy maquillada y con dos lazos de satén anaranjado en sus negros pelos. La chiquilla, que va vestida de calle, ha entrado en el burdel

porque su abuela le ha dado cinco francos. Agarra a la tutora por los pelos y le dice: «¡Puta, más que puta! ¡Qué ganas tengo de meterte la lengua ahí dentro!» (*Escribir toda la escena.*) Los padres están encantados.

5. — Fábula recitada por una alumna de nueve años: Dos chicas se amaban con ternura.

6. — Poesía recitada por una cría de diez años:

No tengo ni pelos ni tetas,
pero me gustan los sexos tupidos
de las mamás, grandísimas putas,
ésas cuyo pubis me asfixia.

7. — Cancioncilla cómica, cantada por una alumna de doce años que llega con un enorme consolador plantificado en el trasero:

¡Vaya! ¡Parece bastante ridículo
tener aún un agujero virgo!
¡Hace dos años que mi tortillera me encula
y tengo el culo más ancho que un aro!

8. — Romanza cantada por una joven:

¡Ah! ¡Qué agradable es acostarse
y sentir un coño en la boca!
Un coño que me da un beso...

9. — Desvirgamiento. *(Véase antes.)*

10. — Coro final a cargo de las alumnas mayores, que llegan ataviadas con consoladores y forman una cadena a lo perrita:

Un buen consolador es mejor que un hermano.
Nos ensartamos, nos enculamos,
unas veces por delante y otras por detrás,
los coñitos negros, los culitos rubios.

Atronadores aplausos. Se escucha por doquier: «Encantador... ¡Qué delicia...! Me recuerda a mi infancia».

Segunda parte

La Corte

La Reina. 33 años. Fue folladora, pero se dejó convertir al tribadismo por su hija Alice.

Tiene cuatro hijas y dos hijos, aunque no ha estado nunca casada.

1. — Princesa Irène. 20 años (nació cuando su madre tenía 13). Folladora de alta escuela con picha y consolador.

2. — Princesa Alice. 19 años. Tríbada, sodomita, feladora; todos los vicios.

3. — Príncipe Albert. 18 años. Amante de su hermana Alice. Sus siete concubinas son sodomitas.

4. — Príncipe Michel. 16 años. Amante de su hermana Suzette y de su madre. Sólo le gustan las crías y las mujeres maduras. Sus concubinas tienen 7, 8, 9, 11, 30, 35 y 38 años.

5. — Princesa Béatrice. 13 años. Lesbiana; muy enamorada de Alice.

6. — Princesa Suzette. 11 años. Onanista, feladora y folladora.

La Reina tiene un harén de amantes y de queridas.

Cada princesa dispone de una «casa» compuesta por tres folladores y tres tríbadas. Los príncipes tienen siete concubinas cada uno.

Sin embargo, esto no es más que para satisfacer los placeres habituales, ya que pueden invitar a quien les plazca. Las invitaciones se cursan en papel impreso, con un texto como el siguiente:

La señorita...
es invitada a venir a acostarse con la princesa Béatrice, el lunes 18 de mayo a las 11 de la noche.

O bien:

El señor...
es invitado a venir a follarse a la princesa Irène inmediatamente.

A pesar de que a la Reina y a las princesas se las han follado miles de hombres, estas invitaciones son muy codiciadas. Ni que decir tiene que los folladores y las concubinas de Sus Altezas son elegidos entre aquellos y aquellas que han desempeñado mejor su papel.

El domingo por la tarde, si no salen, las cuatro princesas se reúnen con sus doce tríbadas en una sencilla habitación rodeada de divanes, y organizan allí una pequeña orgía sáfica íntima. Una vez al año, la orgía tiene lugar en un inmenso salón, y a la misma se invita a 500 jóvenes de la ciudad (todas desnudas). Entre esta multitud se producen escenas inauditas.

A Fernande la invitaron una vez y la nombraron tríbada de la princesa Alice, en sustitución de una joven que se había quedado embarazada. Formó parte de su casa durante un año. El relato de ese año integrará la 2.ª parte del presente libro.

La invitación a la corte

Fernande, que está completamente pervertida, ha hecho publicar en la *Gazeta de la Corte* el anuncio siguiente:

> Joven muy guapa, onanista, lesbiana y sodomita, desearía conocer joven deshuesado que pudiera encularla y lamerle el coño al mismo tiempo, mientras ella se masturba pensando en las jovencitas. Escribir a la señorita Fernande Alvarin, calle de..., n.º 6.

A mediodía recibe esta carta:

> La señorita Fernande Alvarin
> es invitada a acostarse con SAR la princesa Alice, esta noche a las once.

La princesa Alice

19 años.

Alta y morena. Cabello negro, cortado a la florentina por encima de los hombros.

Boca muy sensual. Bonitos pechos, firmes y redondos. Nalgas poco desarrolladas. Piernas finas, aunque robustas.

Lleva las axilas velludas, pero se rasura el pubis para sentir mejor los pelos de sus tríbadas. La vulva y el ano ya están deformes por el uso inmoderado que hace de ellos.

Es tríbada, safista, sodomita, feladora... Tiene to-

dos los vicios. No jode nunca si no es con consoladores, estatuas o animales. Cuando recibe una picha auténtica, siempre es en el recto o en la boca.

Es amante de su hermano Albert, que la encula casi todas las noches y a quien adora. Para complacerlo, sólo toma tríbadas sodomitas como ella, y se las presta en su presencia.

Ha convertido a su madre al lesbianismo, y cuando la lame consigue de ella todo lo que quiere.

Es la pasión de su hermanita Béatrice, quien desearía estar día y noche acostada con ella; sin embargo, Alice no se presta a ello todos los días, y en raras ocasiones durante más de un cuarto de hora.

La princesa Alice no siente ningún pudor. Todo lo contrario: sólo goza al máximo ante testigos. Un día, mientras se desenculaba, dijo a sus mujeres: «¡Venid a ver hasta dónde me la metía! Tiene la polla llena de mierda».

La princesa Irène

20 años.

Morena velluda. Larga melena negra. Alta y fuerte.

Folladora de alta escuela con picha y consolador.

A los 19 años publicó un pequeño manual, bastante bien escrito, titulado: *Trescientas quince maneras de follar, por SAR la princesa Irène*. Aparecido hace apenas un año, este librito se ha convertido ya en un clásico y figura en el programa de estudios de los institutos de chicas.

Dispone de tres dormitorios: uno para sus amores, otro para sus caprichos, y el tercero para sus estudios.

Este último es muy amplio y cuenta con 33 asientos diferentes, diseñados para permitir follar en diversas posturas.

Desvirgada a los 7 años y medio, celebró su follada n.º 25.000 a los 18 años.

El príncipe Albert

18 años.

Su única pasión es encular chicas. Por ese motivo ha elegido siete concubinas sodomitas.

Las cinco primeras son jóvenes comprendidas entre los 15 y los 25 años, sodomitas por afición. El coito anal basta para proporcionarles el espasmo.

La sexta es una negra de 16 años, dócil y pasiva, que le gusta por la fuerza de su ano. (Sounga.)

La séptima es una cría de 10 años, muy viciosa, que le divierte por sus invenciones, sus posturas y sus ocurrencias. (Odette.)

Además, encula todos los días a su hermana Alice o a alguna de las tríbadas que se acuestan con ella.

Por lo general, quien le despierta es la princesa Alice. Se mete en su cama, le abraza, le coge los huevos, le palpa la picha, hace que ésta se empalme y, acto seguido, se da la vuelta para que la encule al estilo perezosa.

Un día pide que se pongan en fila, de rodillas encima de un diván y presentando el culo, su hermana Alice, las siete concubinas y Fernande. Primero encula a su hermana; luego, una tras otra, a las cinco mujeres, a la negra y a la cría, sin correrse; y acaba gozando en el culo de Fernande.

y le eyacula abundantemente en la cara, mientras le dice a su hermana: «¡Sucia tortillera! ¡No tienes bastantes tetas para calentarme la picha!».

La princesa Béatrice

13 años.

Núbil. Bonitos pechos pequeños. Cabello castaño. Formas redondeadas, como una modelo de Boucher.

Locamente enamorada de su hermana Alice. Se peina como ella, se rasura el coño como ella y hace rasurar también a sus tríbadas, para que se parezcan a su bienamada.

A la cabecera de la cama tiene colgado un gran marco con siete fotografías del coño de su hermana: cerrado, abierto, en plena masturbación, gozando, etc. Y distribuidas por la habitación, sobre la mesa o la cómoda, doce fotos lesbianas de su hermana y de ella: safismo, sesenta y nueve, tribadismo, lamidas de culo, masturbaciones, consoladores, etc.

Fernande llamó al timbre y apareció una criada.

«¿Dónde está mamá?»

«La señora ha pasado la noche en el burdel. No volverá hasta las cinco.»

«¿Y mi hermana?»

«La señorita Christine también.»

Yo no salía de mi asombro. Fernande me explicó: «Se trata del Burdel de la Caridad, un establecimiento donde las damas de mundo van a prostituirse en favor de los pobres. Se paga a 100 francos la cita. Hay muchísima gente».

«Lo que me cuenta me deja estupefacta... Pero ¿cómo se puede pagar tan caro algo que sus costumbres obligan a dar sin nada a cambio?»

«¿Y qué me dice del esnobismo? Hacérsela chupar en el Burdel de la Caridad es chic. Se va por eso. ¿Qué es lo que le resulta tan sorprendente?»

«Y usted..., ¿ha ido usted?»

«Cien veces.»

«¿Y se la ha chupado a hombres... desconocidos?»

«En principio, no. Antes se hacen las presentaciones. Los hombres llegan generalmente en grupos. Las madres y las hijas están colocadas como en los bailes, alrededor de un gran salón... "Señorita ¿permite que le presente a mi amigo Z?" "Señorita..." "Señor..." "¿Desea chupármela, señorita?" "Encantada, señor." Se acepta siempre. Es para los pobres.»

«Y entonces, ¿qué pasa?»

«Entonces, una sube a una de las habitaciones del burdel, se queda completamente desnuda... Pero ¿por qué me hace este tipo de preguntas? ¿Acaso no sabe lo que sucede en esas casas?»

«Muy vagamente. Nunca he entrado en ninguna.»

«¿Ni siquiera para elegir a una tortillera?»

«Ni siquiera para eso. ¿Es que las tortilleras van también al Burdel de la Caridad?»

«Las tríbadas célebres, sí; pero las tortilleras de poca monta van más bien a los burdeles corrientes. A las mujeres no les gusta dar cinco luíses por tan poco.»

El Burdel de la Caridad

Lupanar de beneficencia, muy elegante, donde las damas de mundo y sus hijas van a pasar una o dos noches al año, para donar a los pobres el beneficio obtenido por su prostitución.

1. — Folladoras.
2. — Enculadas.
3. — Feladoras.
4. — Lesbianas.
5. — Falistas.
6. — Omnívoras.

Las omnívoras comen de todo, chupan pichas, coños y culos, follan con los tres agujeros y hacen lo que se les pide. Las otras son especialistas. Se organizan entre ellas, en el comité central, de manera que todos los jueves haya cinco o seis damas o jóvenes en cada salón.

Los señores son recibidos mediante invitación, al igual que las tríbadas.

La señorita Lucienne Lavige
se prostituirá en el Burdel de la Caridad
(Salón de las Feladoras)
el jueves 9 de enero por la noche,
y mostrará su agradecimiento
ante el menor donativo.

Vestuario: saltos de cama de encaje o de seda bordada. Muchas joyas.

Por supuesto, cada una dispone de una habitación particular.

La sesión se prolonga desde las 10 de la noche

hasta las 6 o las 7 de la mañana, como si se tratase de un baile, y se divide en una treintena de visitas. Sin embargo, los señores hacen a menudo las visitas por pura cortesía, y ofrecen su donativo a cambio de nada, de manera que las damas que los reciben no follan más que diez o doce veces, mientras que las tríbadas, insaciables, quieren algo a cambio de su dinero y con frecuencia exigen gozar dos veces seguidas; de ahí que el salón de las lesbianas y el de las falistas sean conocidos como los más agotadores.

Dado que el precio de la prostitución es muy bajo en la isla (normalmente unos pavos; en raras ocasiones más de 5 francos), en el Burdel de la Caridad los donativos son modestos: 10 o 20 francos. Cada dama recauda una media de 500 francos por noche, es decir, unos 15 o 20.000 francos entre todas.

El burdel solo está abierto un día a la semana (el jueves); por lo tanto, proporciona a la Asistencia Pública un beneficio aproximado de un millón al año, que se utiliza para financiar las pensiones de jubilación de las putas profesionales.

En el Burdel de la Caridad, las pupilas de las prostitutas voluntarias raras veces son sus hijas o sus hermanas pequeñas. En general, se considera que las chiquillas de mundo no deben acostarse tan tarde. Así pues, las pupilas se reclutan todos los jueves en el Orfelinato de los Burdeles, una institución de caridad.

Calle de los Cuarenta Burdeles

Todas las mujeres están expuestas y tienen iluminadas, mediante focos, las zonas en las que son espe-

cialistas. Se reparten folletos. (Volver a clasificar los nombres siguientes según categorías:

— caracteres erotológicos
— caracteres morales y profesionales
— caracteres antropológicos
— caracteres físicos

o tal vez, por el contrario, mezclarlos más.)

Burdel de las gigantas
Burdel de las enanas
Burdel del cascanueces
Burdel de las gozadoras
El sesenta y nueve
La cesta colgada
Burdel de las hermafroditas — Tres muchachas.
La olorosa flor del culo
La follada en las tetas
Burdel de las rubias
Burdel de las pelirrojas
Burdel de las morenas velludas
Las muchachas tatuadas — Tatuajes obscenos.
Burdel de las negras
Burdel de las mulatas
Burdel de las japonesas
Burdel de las campesinas
Burdel de las impúberes — El folleto dice: «Ni pelos ni tetas, tal es el lema de la casa».
Burdel de las enculadas por afición
Burdel de las vírgenes enculadas
Burdel de las tortilleras
Burdel de las tortilleras impúberes

Burdel de las folladoras de Lesbos — Consoladores, mujeres grandes y robustas.
Burdel de las mujeres obesas
Burdel de los coños rasurados
Burdel de las hermosas cabelleras
Burdel de las muchachas embarazadas
Burdel de las incestuosas — Sesiones con el padre y la madre (38 años), dos hijos y seis hijas (de 7 a 20 años).
Burdel de las nodrizas
Burdel de las vírgenes — Todas las chiquillas de mundo (de 7 a 10 años) son desvirgadas en el burdel; los desvirgamientos no son caros: entre 20 y 50 francos.
Burdel de las luchadoras
Burdel de las acróbatas
Burdel de las ninfómanas — Locas en celo, con las cuatro extremidades atadas a las cuatro esquinas de la cama, para evitar que se hagan pajas — Derrengadas, lisiadas, etc.
Burdel de las amputadas
La muchacha de los dos coños — Curiosidad inaudita, charlatán.
Burdel de las coprófagas
Burdel de las menstruadas
Burdel de las dormidas — Anestesiadas.
Burdel de las mujeres de caucho
Burdel de las estatuas
El último es el Burdel de las muertas: «Señorita, tenemos una que todavía está caliente, murió hace apenas una hora».

Escenas vistas detrás de los cristales:

Burdel de los bebés. — Crías de cuatro o cinco años que se meten consoladores en la boca para demostrar a los transeúntes sus dotes de mamonas.

Burdel de las tetonas. — Las muchachas, obesas, apoyan sus tetas sobre una barra de madera, se las aprietan, se las manosean, se pellizcan los pezones.

Burdel de las muchachas sodomitas. — Sentadas al revés en un banco, con la espalda arqueada, la grupa abierta, el ano pintado de rojo o de negro y una flor dentro.

Burdel de las falóforas. — Complicaciones absurdas. Una lleva una especie de bozal con un gran falo cuya base le aplasta la cara y con el que se folla a su compañera. Otra lleva dos consoladores en los pezones, que penetran en el culo y el coño de la misma chica, etc.

Burdeles — La pupila

La pupila es una cría de unos 10 años que acompaña a la chica y al cliente en todos los burdeles.

En una casa de veinte chicas hay una media de doce pupilas.

Las pupilas no permanecen en el salón donde las chicas se exhiben para que las elijan. Se encuentran reunidas en una especie de antecocina a la que no tienen acceso los clientes y de donde las chicas las van sacando una a una, a medida que las necesitan.

La pupila va desnuda, lleva un lazo en el pelo y va calzada con chinelas. Es la sirvienta de la chica y del cliente, y como tal permanece a los pies, o encima, de la cama durante todo el tiempo que dura la cita.

Lleva a cabo el aseo íntimo del cliente (hombre o mujer). Ata el consolador si el cliente es una tríbada. Separa los labios de la vulva para facilitar el coito. Lubrifica [*sic*] el ano de la chica antes de la sodomía. Lleva los vinos y pasteles a la cama. En resumen, ayuda en todo a la pareja con la cual ha subido.

Además, desempeña un pequeño papel de segunda prostituta. Cuando así se lo ordenan, chupa los huevos, se mete la picha en la boca, lame el culo, etc. Raramente se la follan. No es más que una sirvienta y una ayudanta sometida a la puta.

Prostitutas — La pupila

Todas las prostitutas que trabajan en celdas, habitaciones o establecimientos disponen de una pupila o sirvienta de 10 u 11 años.

La pupila les lava el culo, vacía el bidet, lava la picha del cliente y sirve la cama como una camarera serviría la mesa.

Casi siempre es fea, delgada, seca y desgarbada, puesto que las chiquillas guapas se prostituyen por su cuenta. Y además va desnuda, por exigencias del oficio y para dar realce a la hermosura de su ama.

Algunas veces, la pupila es la propia hija, o la hermana pequeña, de la puta.

Pero lo más frecuente es que sea una cría de la más baja extracción social que, por otra parte, no ocasiona prácticamente gastos; en efecto, la pupila nunca recibe retribución. Se le proporciona comida y cama, eso es todo. E incluso las propinas que recibe las cobra su ama. Sus padres consideran que está allí

para aprender, no para ganar un sueldo; más adelante, cuando esté al corriente del oficio y no obstante su apariencia ruin, podrá prostituirse por su cuenta.

La pupila es maltratada con frecuencia. Por un descuido o una torpeza en el servicio de cama, dos pares de bofetones, un puñetazo en el hombro o una patada en el coño. Por faltas graves, la enculan con un consolador embadurnado de mostaza.

A veces, por el contrario, es tratada con bastante ternura, sobre todo cuando sabe lesbianizar adecuadamente a su ama, o cuando sabe recorrer las calles y abordar a los transeúntes: «¡Señor! ¡Venga a casa de mi hermana! ¡Mire su foto! ¡Un culo maravilloso! ¡Unas tetas preciosas!». (La foto es un desnudo, por supuesto.)

La única que recibe dinero es la pupila muy viciosa. Algunas veces aparecen en los periódicos anuncios de este tipo:

«Pupila guapa, 10 años y 1/2, que se hace encular y cagar en la boca, busca trabajo con puta conocida por 30 francos. R Z, calle Lamehuevos, 21.»

Para una chica que pretenda estar a la moda, lo chic es disponer de dos pupilas a la vez para el servicio de cama: dos pupilas con mucho estilo, que no se rían, que no hagan bromas y que desempeñen su oficio con celo, silencio y discreción.

Precio de las prostitutas

Es muy bajo, naturalmente.

Las pelanduscas se pagan a dos pavos, y apenas ganan 1 franco o 1 franco y medio al día.

Las chicas que disponen de celda expuesta a la calle se pagan a 0,50 francos. El mismo precio para las chicas que trabajan en establecimientos.

Los burdeles populares anuncian sus precios con grandes caracteres en los escaparates. Los hay desde 0,20 francos hasta 0,60 francos. Nunca superan esta cantidad.

Los cuarenta burdeles de la calle así llamada son a 1 franco, 2 francos y 5 francos, según la especialidad.

En la isla de las Tortilleras hay un gran burdel popular a 0,10 francos, que únicamente dispone de una amplia sala común llena de alfombras. Los precios de los demás burdeles de la misma isla son a 0,20, 0,30, 0,50 y 1 franco.

(Todos estos precios son, naturalmente, por cita. En general, la hora cuesta el doble, y la noche equivale a diez veces una cita.)

Edad de las prostitutas

Muy variable.

La prostitutas libres tienen, por lo general, entre 14 y 25 años; sin embargo, se encuentran por doquier chiquillas de 7 a 13 años bajo la protección de una *madame* (en habitación) o vagando solas por las calles. Asimismo, tampoco es extraño encontrar mujeres de unos 45 o 50 años en los burdeles cuya especialidad son las obesas, las tríbadas, las sodomitas, etc.

Fernande trabajando en una celda

En una calle del centro de la ciudad, alquila una celda en unos bajos, hace pintar sobre la puerta la inscripción «El ano negro», cuelga una enseña que representa a una muchacha enculada, y permanece todo el día a la puerta vestida de chica sodomita, es decir, con un maillot negro ampliamente escotado por detrás para dejar al descubierto las nalgas.

Hace señas a los hombres desde lejos, se vuelve, abre su trasero con las manos... Si uno se detiene, le dice en voz alta: «¿Vienes a encularme, cariño?».

Otros textos

La Muestra

1

—¿Cómo que si existe? ¡Por supuesto! —me habían dicho—. Vaya a la calle de Anjou, 44, en pleno centro de París. Llame a la puerta y pregunte por «las hermanas del revés». Ya verá. Es sumamente curioso.

Fui, en efecto. Era una noche de verano. París estaba desierto. No corría peligro de encontrarme con nadie... Llamé al timbre y me abrió una criada.

Primero me hicieron pasar a un pequeño gabinete, amueblado con más gusto del que normalmente se encuentra en este tipo de hoteles, y poco después se reunió conmigo una persona de aspecto respetable.

No me formuló ninguna pregunta brusca, pero sus ojos me interrogaron y, ante la respuesta muda de los míos, hizo un gesto con la cabeza que significaba: «Comprendido». No obstante, me preguntó, aunque sin rodeos:

—¿Qué salón desea, el de las bellezas o el de las curiosidades?

—Muéstreme lo más bonito que tenga —respondí—. Ya veré las curiosidades la próxima vez.

Entonces se inclinó, llamó a una puerta como para avisar y, al cabo de un instante, abrió.

En este otro saloncito, tres muchachas, ni una más, pero todas admirablemente formadas, permanecían

de pie, de espaldas a mí, con la cabeza apoyada en el hombro y mirando hacia atrás.

Las tres levantaban sus camisas de seda por encima de sus arqueados lomos, y dos de ellas agitaban discretamente las nalgas con un movimiento de suave oleaje, como para confirmarme la especialidad de la casa. La tercera también lo intentaba, pero demostraba tener menos práctica, y me pareció que el rojo de sus mejillas no era totalmente artificial. Elegí a esta última.

Subió la escalera delante de mí, y nos encerramos en una habitación decorada en rojo.

2

—¿Es cierto, cariño? ¿Vas a encularme?

—Sí, señorita, si me lo permites.

—¡Vaya pregunta! Seis veces si quieres. Me enloquece.

—Aquí me parece que no te lo impiden.

—¿A mí? Acabo de llegar, lobo mío. Eres el primero con quien subo. Hoy he terminado mi ciclo de ocho clases y ahora debuto contigo.

—¿Clases? ¿Qué clases?

—¡Oh! La patrona nos instruye antes de lanzarnos. Yo ya sabía bastantes cosas porque con mi amante sólo hacía el amor de esta manera, pero no conocía todos los trucos, ¿comprendes? Aquí me los han enseñado con un consolador. Tú mismo me dirás si he sido aplicada o no.

Mientras se desarrollaba este diálogo, yo me había ido desnudando. Me acosté en la cama y ella me hizo levantar las piernas, al tiempo que su lengua buscaba una misteriosa abertura.

—El tuyo también —le dije—. Ponte a horcajadas encima de mí.

Su grupa descendió sobre mi rostro; la luz estaba detrás de nosotros. Yo veía al mismo tiempo un coño diminuto y lindo como el de una virgen, y el ano que normalmente lo suplantaba.

Al principio, este ano me pareció como un punto al fondo de una pequeña nalga negra; luego, la viciosa muchacha «empujó» poco a poco..., apareció una aureola rosada..., un auténtico botoncito que se expandía en forma de flor..., y sin poder contenerme comencé a lamerlo muy despacio. Tenía la piel deliciosamente fina y suave, e impregnada de perfumes...

Entre tanto, ella clavaba su lengua en mi ano con fuerza, invitándome, al parecer, a que la imitara. Así lo hice, y entonces se relajó totalmente: mi lengua penetró sin dificultad, como en la boca de un niño, y la hice moverse por las paredes delicadas y lisas del intestino.

Súbitamente lanzó un gritito de placer, se detuvo y, apoyando las nalgas en mi boca, me dijo:

—¡Oh! ¡Cerdo! ¡Qué bien lo haces! ¡Toma mi culo...! Sepáralo con los dedos, mete toda la lengua... toda...

Unas gotas de su goce le comenzaban a fluir del coño, depositándose en mi pecho. De repente se corrió, experimentando el ano unos espasmos tales, que mi lengua recibía, literalmente, auténticas oleadas de mierda. A continuación cayó sobre la cama, agotada...

Cinco minutos después pidió:

—Ahora tu rabo; dámelo..., estoy más tranquila. Hace un momento estaba tan excitada que no habría podido hacerte gozar como es debido. Pero ya verás..., no te muevas.

Hizo que me tumbara cuan largo era y se agachó sobre mi miembro con mil precauciones, hasta que el glande quedó situado exactamente bajo el ano.

—No estoy mojada, ¿lo ves? —dijo—. Pero no te preocupes, no te haré daño.

Y, dejándose caer con suma habilidad, se tragó la punta del miembro y apretó violentamente el esfínter un poco más arriba.

En cuanto sentí la opresión de aquel músculo caliente, no pude contenerme y mi semen fluyó a borbotones en el intestino, mientras ella continuaba excitándome el miembro con enloquecedoras contracciones. Su culo me chupaba como una boca. Jamás había gozado de un modo tan doloroso.

—¡No te aflojes! —exclamó cuando hube expulsado el último chorro—. Apenas hemos empezado.

Y, haciendo descender su grupa, se empaló sentada encima de mí. Toda mi verga estaba sumergida en su interior. Entonces, puso en movimiento la totalidad de su musculoso y rosado trasero, que yo veía subir y bajar con una indescriptible excitación. Apoyaba los puños en la cama y su cuerpo ascendía y descendía cada vez más rápido, sin soltar en ningún momento mi miembro, que era engullido y vomitado precipitadamente. Sintió, intuyó que mi segundo goce estaba a punto de llegar y, entonces, disminuyó la velocidad del movimiento para prolongar mi placer. Su mullido ano ascendía con suavidad alrededor

de mi verga, se detenía en la cima encogiéndose, mamaba el glande ejerciendo una ligera presión, luego volvía a descender a lo largo del miembro con la misma sensación de caricia y, por último, frotaba ligeramente mi vientre con las nalgas, mientras el glande, sumergido de nuevo en el intestino, se hinchaba al contacto exquisito de un fango viscoso y ardiente...

La agarré por los hombros, la hice caer sobre mí, y, con las bocas pegadas una contra otra, por segunda vez meé lenta, penosamente, mi semen en su joven y convulsa grupa.

—¿Cómo te llamas? —le pregunté.

—Aquí me llaman Fernande. En Charonne me llamaban la «Muestra», y era para quien me tenía, como en las cartas. No sirvo para la mujer chic. El invierno pasado trabajaba de encuadernadora. Siendo cría, en la escuela, dejaba que cualquiera me la metiese en el culo... Lo más extraño es que no cogiera nada... Más tarde, a los catorce años, me agencié un amiguito sin dejar de trabajar. Pero luego él se hartó, a causa de mi reputación; le ponían motes, y no le gustaba que se supiera que hacía eso. Entonces me abandonó. Por eso estoy aquí.

Sonrió, y su suave ano pellizcó dos veces mi verga, a la que seguía envolviendo.

—¿Me invitas a otra consumición? —dijo—. ¿Una menta blanca? Mi culo está sediento.

—Sí, pero no enseguida. Me has dejado vacío.

—¡Oh! Si quisieras, me encargaría de volver a llenarte... Pero no, estás agotado. Vamos a lavarnos.

Cogió una toalla que había encima de la cama, rodeó mi miembro por la base con uno de sus extremos, y lo rodeó por entero mientras tiraba de la piel.

Entonces sentí que lo golpeaba suavemente, limpiándole las manchas más acusadas. A continuación, con una delicadeza que demostraba que todavía era más amante que puta, se lo metió en la boca sin haberlo lavado, mientras permanecía agachada encima de la toalla plegada en cuatro y expulsaba, tranquilamente, las dos lavativas de semen que le había administrado.

—¿Así que en Charonne te llamaban la Muestra? —insistí.

Necesitaba un descanso. Sus confidencias me dieron pie a ello.

—¡Oh! —respondió—. También me llamaban con muchos otros motes. ¡Qué chicos más cerdos! En cuanto se hacía de noche, ya los tenía a todos corriendo detrás de mí. «¡Eh, nena! ¿Quieres un trago en el culo? ¡Será rápido!», me decían. Yo les escuchaba como una niña obediente. Sin embargo, no gozo con todo el mundo, ¿sabes? Para encular bien, hay que saber hacerlo. Algunos me sacaban brillo a la badana durante una hora, y me hacía el mismo efecto que si me pasaran el plumero. ¿Y crees que me daban las gracias? Al día siguiente se reunían para gritar: «¡A por la Muestra! ¡A por la Muestra!». Y yo, aunque te cueste entenderlo, pasaba vergüenza.

—¿A qué edad empezaste?

—¡Oh! Siempre me ha gustado meterme cosas por ahí. Pero cuando me metieron la primera polla tenía nueve años. Fue papá quien me enseñó.

—Cuéntamelo.

—Bueno, un día papá llegó a casa y me encontró en la habitación con una vecinita. Hacíamos cochinadas para entretenernos. Ella me había metido el mango de una herramienta en el ojete del culo, y yo

estaba allí, en la cama, con el culo al aire y aquello dentro, cuando papá abrió la puerta. ¡No te puedes imaginar la paliza que me dio! Luego, me dijo: «Si eres buena no se lo diré a tu madre, pero tienes que hacer lo que yo te diga, y puesto que eso es lo que te gusta, te voy a meter algo realmente bueno, hija de puta». Yo sabía perfectamente lo que quería decir. A los nueve años, en Charonne, se saben ese tipo de cosas. Me untó el ojete con mantequilla, y ya está, el rabo entró. A partir de aquel día, y puesto que volvía del trabajo más temprano que mamá, me administraba mi lavativa casi todas las noches. Entonces, sabiendo ya como funcionaba la cosa, fui en busca de un crío que me gustaba, un crío guapo, que se llamaba León... Ya me había enseñado el rabo un día, pero yo no había querido saber nada de hacerlo por delante... Bien, pues me puse a cuatro patas y le dije que fuera con cuidado para no romper la piel del conejo. A él, por delante o por detrás, se la traía floja. De hecho, el culo le excitaba porque no es lo habitual. Así que lo hicimos de este modo. Y después de él vinieron otros, amigos suyos a quienes se lo había contado. Eso es todo.

Mientras me hablaba, yo había introducido dos dedos en su trasero y tocaba con suavidad su dulce y líquida mucosa. Pero su relato me había enfriado un poco y no tardé en dejarla.

Christine

1

La pequeña vivienda de mis padres no tenía más que dos habitaciones y la cocina.

La cocina era mi dormitorio. Mamá no quería dejarme acostar en el comedor porque decía que salpicaba el papel pintado cada vez que me aseaba, y que inundaba el parquet encerado cada vez que me lavaba el trasero.

Mi cama plegable, que estaba guardada en la antecámara, era desplegada por la noche delante del horno. Y puesto que en la cocina no se oía nada de lo que pasaba en la habitación, en cuanto yo me metía en la cama mamá podía hacerse joder por papá sin tener que decirle: «¡Despacio, cariño! ¡La niña nos va a oír!», que era lo que sucedía cuando me acostaba en la habitación y pegaba la oreja al tabique tan pronto como escuchaba los chirridos de su somier.

Una noche, a las 9, me disponía a desnudarme cuando llamaron a la puerta. Fui a abrir y proferí un grito de alegría:

—¡Christine!

—¡Cierra el pico! —dijo en voz baja y muy deprisa—. Vengo a acostarme aquí. Ya te explicaré. Cuando yo haya hablado con tu madre, dile que puedo dormir contigo. ¿Entendido?

En aquel momento, papá y mamá abrieron la puerta, y Christine comenzó a decir, adoptando un tono hipócrita:

—Buenas noches, señor, señora. Vengo a causarles molestias. Verán, el caso es que mi mamá cena esta noche en Nogent y no se atreve a volver sola, de madrugada, cruzando los bosques de Vincennes, por temor a los sátiros. Regresará mañana, y para que no me quede sola quiere saber si podría acostarme en su casa. Con un colchón en el suelo me las arreglaré, no necesito más, si no les molesta.

—¡Un colchón! —exclamé—. ¿Y por qué no en mi cama? Podemos acostarnos las dos perfectamente, Titine.

—Tu cama es demasiado estrecha —dijo papá—. Christine no podrá dormir.

—¡Oh! Yo soy como Nénette, apenas me he acostado y ya estoy dormida.

Estuve a punto de reventar de risa, pero me contuve. En un minuto se organizó todo. Nos metieron en la cocina con una vela. Empujamos la cama contra la puerta para bloquearla, y Titine, con los brazos en jarras, dijo:

—¿Has visto? Ha sido mucho más sencillo de lo que parecía.

Roja de admiración, le salté al cuello:

—Eres asombrosa, ¿sabes? Y además, llegas justo a tiempo. Aún no me había masturbado.

Mientras hablábamos, le agarré el coño a través de la falda.

—Mete la mano por debajo —me dijo—. No muerde. Babea, pero no es malo.

Ahora, por fin, pude asirlo sin trabas. Sus pelos

me hacían cosquillas en la palma de la mano. Lo acariciaba, separaba sus labios, tocaba la pepitilla...

—Espera un minuto —dijo Titine—. Yo no he visto nunca el tuyo. Vamos a enseñárnoslos, ¿quieres? Arremángate.

Christine era hija de una vecina que vivía enfrente y que trabajaba como costurera. Nuestras madres se habían conocido en la frutería, y nosotras en la calle. Ella tenía 16 años, yo 14, y nos habíamos hecho amigas tan deprisa que al cuarto de hora de comenzar a hablar yo sabía ya que la habían desvirgado, pero que le gustaba más la lengua que la polla y las chicas que los chicos. En voz baja me había dicho: «¿Sabes lamer el chocho?». «Sí.» «¿Y podré tener esa lengüecita tuya en mi culo?» «Sí. Pero ¿cómo lo haremos? Sólo tenéis una cama para tu madre y para ti...» «Ya verás. Tú y yo nos acostaremos juntas.» Ocho días más tarde, lo conseguía como acabo de contar.

Al decirme que me arremangara, me volcó en la cama, levantó mis muslos, separándolos, y me dijo que me sostuviera las piernas con las manos. Yo reía.

—¡Desde luego...! —le dije—. De la manera en que me has puesto, seguro que lo ves. Me haces reír, me miras los dos agujeros.

Pero ella estaba seria y, arrojándose sobre mí, vientre contra vientre, boca contra boca, me dijo con voz ardiente:

—¡Oh! ¡Qué chocho más guarro, con sus pelos rubios y sus labios rojos! ¿Quieres ver mi culo? ¿Sí? Cuando lo hayas visto bien, me lamerás. Estoy mojada...

—Desnudémonos antes.

—No. Así, bajo las faldas. Es más cálido.

Y se tumbó boca arriba, levantó las piernas ante la vela, como me había hecho hacer a mí, y me ofreció el coño más hermoso, la entrepierna más apetecible que verse pueda. El abundante felpudo lucía una borla de pelos rizados color palisandro; los labios eran gruesos y cortos; en el interior, rojo oscuro, el clítoris destacaba como si fuera la picha de un perro en celo; y todo eso se ofrecía rodeado de un gran anillo de pelos tan enmarañados que lo hacían parecer el nido de un pájaro.

Con un coño tan bonito, ¿cómo era posible que le gustara el mío? A mí no me satisfacía demasiado. Mis pelos apenas comenzaban a salir, y no eran ni mucho menos rizados. Además, como desde la edad de ocho años tenía siempre la mano en el culo, y como me estiraba los labios del coño para proporcionarme placer, lo que había entre mis piernas eran dos belfos rosados como un hocico, que hacían reír a mis amigas cuando jugábamos a enseñarnos la raja o a masturbarnos una delante de otra. Por otra parte, lo único que había dicho Christine era que tenía el chocho guarro; en cambio, a mí el suyo me parecía precioso.

Como estaba muy mojada, le lamí el coño entre los labios como un gato que bebiera leche. Lo saboreé.

—Está bueno —le dije.

Ella me apretó la cara entre sus muslos y volvió a separarlos. Entonces, para mostrarle lo que sabía hacer, le di unos diez lametazos rápidos en la pepitilla, tan deprisa y tan bien que ahogó un grito:

—¡Ah! ¡Puta! —exclamó.

Luego, cuando me deslicé en la cama para situarme junto a ella, intentando besarle en la boca, Christine jadeó, chupó mi lengua por un instante y me suplicó:

—Acaba, Nénette, tengo muchas ganas, ya viene. No me dejarás correrme sola, ¿verdad?

Pero yo, sintiéndome deseada, quise imponerme:

—Así, no. Desnudas será mucho mejor.

—No. No aguanto más. Rápido. Házmelo. Acaba...

Yo no quise ceder. En dos minutos me desnudé, mientras ella hacía lo propio. Exigí incluso que se quitara los zapatos, las ligas y las medias. Sólo entonces, desnudas como dos gusanos, nos abrazamos en la cama y yo volví a colocar la cabeza entre sus piernas.

¡Ah! ¡Qué poco tardó! Apenas hube comenzado de nuevo, todo su cuerpo comenzó a temblar y, con cuatro culadas, se corrió. Entonces pareció desvanecerse, pero luego volvió en sí y se acostó encima de mí, cubriéndome de besos:

—¡Mi tortillera! ¡Mi niña! ¡Mi guarra! ¡Cómo utilizas la lengua! Puedes presumir de ello. ¿Quién fue la cerda que te inició?

—Aprendí en el colegio.

—¿Aprendiste en el colegio? ¡Pero bueno! ¿Acaso le comías el culo a la señorita?

—No, no era yo quien le gustaba; pero lo hacía con las chiquillas.

—¿Y dónde ibáis?

—¡Oh! Ya te lo contaré después. Yo también tengo ganas, ¿sabes? Ahora te toca a ti currar.

—¿La señorita desea que la descorchen?

—¡Pues claro! Yo ya te lo he hecho a ti, ¿no? Ahora tienes que devolvérmelo. Es mi turno.

Christine me levantó tanto las piernas que las rodillas se me incrustaron en las axilas. Luego, tras haberme besado el coño y frotado la boca contra él, lo toqueteó con curiosidad.

—¡Qué guarrada de chocho! —repitió—. Nunca había visto un virgo con un aspecto tan marrano. ¿Es que te pasas el días toqueteándote los belfos?

—¡No paras de hablar!

Christine los tomó entre sus dientes y los chupó uno tras otro. Yo me estremecía. Su lengua se paseó alrededor del coño, por las ingles, por el ombligo, me golpeó suavemente los pezones, que apenas despuntaban, descendió a lo largo del vientre, rozó mi pepitilla..., me volvía loca..., y continuó su recorrido. Christine era mucho más experta que yo. En mi vida me habían lamido tan bien. Ahora sentía su lengua debajo del coño; todavía más abajo y siempre vibrante, me hizo cosquillas en el ojete del culo, lo abrió con los dedos y sumergió en él toda su lengua, seis veces, lo más profundamente que pudo, como hacen las chicas para demostrarse que se aman. Yo estaba orgullosa de que Christine me lo hiciera, porque Christine era tan guapa...

Y cuando regresó a mi pepitilla, me había puesto tan caliente que me corrí casí de inmediato, en el espasmo más intenso que haya sentido jamás en mis entrañas.

Tras un minuto de abatimiento, me acurruqué entre sus brazos, contra sus tetas morenas y desnudas.

—Gracias, Titine.

—¿Te ha gustado?

—¡Oh, sí!

—¿Quieres que volvamos a empezar?

—Enseguida, no... Oye, quiero decirte algo al oído... Me has metido la lengua en el agujerito... O sea, que me quieres.

—¡Grandísima tortillera! ¡Lo sabes de sobra!

—Yo también te quiero... Te haré lo mismo que me has hecho a mí... Antes no me atreví, no sabía si te gustaba eso...

Se rió y se dio la vuelta. Yo se lo hice con todo el cuidado del mundo y lo más profundamente que pude, para que estuviera segura de que la amaba de los pies a la cabeza. Después me incorporé, completamente roja.

—¿Sabes lo que se hace ahora?

Las puntas de nuestras lenguas vibraron y se sumergieron una en la boca de la otra.

—¡Ya está! —dije alegremente—. Somos una pareja de tortilleras.

—No. Has olvidado algo. ¿Tienes unas tijeras?

Le di unas. Se cortó los tres pelos más largos que tenía en el felpudo y los ató en forma de anillo alrededor de mi cuarto dedo.

—¡Ahora sí que estamos casadas!

—¿Y el señor cura?

—No se lo diremos.

Por mi parte, como tenía los pelos demasiado cortos para ofrecerle a Titine su anillo de boda, me arranqué tres cabellos de la cabeza, hice con ellos un anillo y se lo di. Luego le dije:

—Tú eres el marido, Titine, yo soy la virgen. Monta encima de mí. ¿Dónde tienes la polla?

—Tú estás muy espabilada para ser una virgen. Y además, no lo eres tanto. Puedo meterte todo el dedo... Claro que el interior no es muy ancho.

—¿Creerás que el martes de carnaval intenté desvirgarme con una salchicha?

—¿Con una salchicha?

—Sí. Estaba rabiosa por tener que acostarme sola.

Cogí una salchicha de la despensa e intenté joder con ella. ¡Dejé la cama tan manchada de sangre que mamá pensó que tenía pérdidas! Y después me masturbé cuatro veces en lugar de dos, como tengo por costumbre. ¡Oh! Hay noches en las que el culo te pica tanto que harías el amor con un perro, ¿no es cierto?

Christine se dio la vuelta riendo, con los brazos por detrás de la cabeza, y yo la contemplaba.

—Tienes pelos debajo del brazo. ¡Qué bonito! Yo no tengo nada. Ahí no me crecen.

—¡Vamos, vamos! Enseguida crecerán. Conozco a una que se rasura el coño para hacer creer que no tiene pelos. A algunos clientes les excita mucho.

—¿Clientes? ¿Es que es puta?

—No. Es bruñidora; pero por las noches, al regresar del taller, si algún tipo se lo propone se va con él. Como mínimo, son 100 pavos de ganancias.

—Y se ganan más rápido chupando que trabajando, ¿no? Yo, si papá hubiera querido, hace tiempo que sería puta.

—No siempre resulta divertido.

Christine había dicho aquello con un tono tan triste que estuve a punto de preguntarle..., pero me contuve. Con todo, para averiguar alguna cosa le hice otra pregunta:

—¿A qué edad empezaste a lamer chochos?

—Lo he hecho siempre.

—¿Siempre? ¿No sabes con quién lo hiciste primero?

—Con mamá.

Me quedé estupefacta y no respondí. Ella, al percibir mi asombro, comenzó a explicar:

—Escucha, mamá es tortillera. Pero tortillera de verdad, más que tú y que yo. Lo lleva en la sangre, ¿comprendes? Nosotras preferimos a los chicos, por supuesto; y cuando sostienes en la mano una polla tiesa, sientes una especie de pellizco en el chocho, ¿no es cierto?

—Desde luego.

—Bien, pues a mamá eso la deja tan fresca. Los hombres le repugnan. Pueden tenerla ensartada durante tres cuartos de hora y no correrse. En cuanto a las mamadas... ¿Tú chupas pollas? ¡Oh! Puedes decirlo, yo también las chupo. Di que lo haces.

—A veces, pero no con cualquiera.

—Bien, pues mamá, cuando se la chupa a alguien vomita, y no es ninguna broma, yo la he visto.

—Entonces, ¿no tiene amantes?

—Sí, pero todos tienen dos agujeros bajo el rabo.

—Pues a ti no te haría con una mujer...

—No sé nada, palabra. Aún no había cumplido los trece cuando le sucedió esa desgracia. Acaba de venirle la regla. Una noche, después de una fiesta, la emborracharon, la desvirgaron, y ya está, si te he visto no me acuerdo. Jamás supo quién había sido. Cuando yo tenía cinco años, ella tenía dieciocho, o sea que no era mayor, y que yo recuerde, desde mis cinco hasta mis doce años mamá estuvo siempre con una u otra. Le duraban seis meses, un año... La gran Berthe se quedó veintidós meses...

—¿Y dormían juntas?

—¡Pues claro! Y yo en la misma cama. ¡Imagínate si he llegado a ver lenguas en el chichi y culos en la cara! Sin contar con que yo también formaba parte del lote. Siempre he lamido chochos, ya te lo dije.

—¿Y está sola desde que cumpliste doce años?

—Sí, sola conmigo desde que empecé a correrme. ¡Oh! Cuando vio aquello echó a su tortillera a la calle. ¡Hubiera despreciado incluso a la reina de Inglaterra! Un capricho que todavía dura. ¡Pero es comprensible! Las tetas más hermosas son las mías, el culo más bello es el mío, la mejor lengua es la mía, la mejor leche es la mía...

—¿Y a ti te gusta? Para... para el asunto de... lamer.

—Sí. No me excita como tú, desde luego. ¡Imagínate! Conozco de sobra su conejo...

—Se puede decir que desde que naciste.

—Pero es una mujer guapa, a sus veintinueve años. Les lamemos el chocho a muchas más feas que ella.

Me quedé pensativa y no hice más preguntas. A mí también me parecía guapa la madre de Christine. Me hubiera gustado mucho tener una madre como ella, que me lamiera antes de dormir. Yo, a mi vez, se lo hubiera hecho a ella. Sin embargo, pensé que era algo realmente curioso abrir un coño y decirse: «Yo he salido de ahí». Y luego masturbarlo, lamerlo, hacerlo gozar... Suspiré profundamente.

Una de mis manos jugaba con los pelos de Christine. La otra le acariciaba el pezón. Ella sonrió. Me puse encima de ella, le pedí la lengua, se la chupé y luego le susurré en la boca:

—¿Quieres que hagamos el sesenta y nueve?

—Sí, pero una después de otra.

—¿Cómo que una después de otra? El sesenta y nueve es las dos a la vez.

—¡No seas tonta! Las dos a la vez es una lata. La primera que se corre para de lamer y la otra se queda

a dos velas. Voy a enseñarte cómo hay que hacerlo. Tú te pones boca arriba con las piernas abiertas, yo me pongo encima de ti haciendo el sesenta y nueve, y te lamo.

—¡Genial!

—Pero tú no tienes que lamerme. Si quieres, para entretenerte me besas el coño y me lames los belfos o el ojete del culo, pero sin tocar la pepitilla.

—¿Y tú qué? ¿No gozas?

—Sí; cuando tú hayas gozado, nos damos la vuelta, te pones encima y me haces lo mismo que te he hecho yo a ti.

Cuando estuvimos colocadas, el coño de Christine apareció ante mí transformado. Estaba del revés, con el pelo colgando, completamente abierto y todavía rojo por haber acabado de correrse. Presa de los estremecimientos provocados por la lengua de Christine en mi propio coño, abrí su carne apartando los labios y la besé como si fuera una boca.

—¡Ah! ¡Puerca! ¡No me excites! ¡Me has puesto caliente! —exclamó, interrumpiendo sus movimientos—. ¡Te he dicho que si empezaba a gozar, dejaría de lamerte!

Su clítoris, en efecto, sobresalía con pequeños sobresaltos significativos. Lo dejé que se encabritara en el vacío y me contenté con mojar en la vagina mi dedo índice, para sumergirlo después más arriba, en el ojete del culo. Se me comenzaba a nublar la vista. Un estremecimiento recorría mi pequeño cuerpo delgado y desnudo. Finalmente, mi sexo se crispó y se produjo un estallido de placer.

Cuando volví en mí, Christine había acabado de lamer. Me chupaba el chocho, bebía mi goce gota a

gota y apoyaba su grupa sobre mi rostro, como si quisiera besarme los labios con los labios de su coño.

2

(Etiennette [Tiennette, Ninette] aprovecha que sus padres deben ausentarse para pedir y obtener el permiso de ir a dormir a casa de Christine Lacaille. A las 9 h están las tres solas, la señora Lacaille, Christine y Tiennette, que cuenta la historia.)

—¡No puede estar callada! —dice la señora L.—. ¡Mira que haberte contado todo eso!

—¡Oh! ¡No tiene nada de malo!

—Es lo que yo digo; pero en esta casa hay mujeres tan mojigatas, que se escandalizarían si vieran que me hago comer el conejo por mi hija. Tú, al menos, eres razonable. Cuando tengas una hija, harás lo mismo que yo, ¿verdad?

—Sí, señora.

—¡Claro! Porque, vamos a ver, ¿para qué nos ha dado Dios el coño? Para utilizarlo. ¿Y la lengua? Para meterla dentro. ¿No crees que tengo razón, Tiennette?

—Sí, señora.

—Y si Titine y yo no tenemos más que una cama, ¿qué tendríamos que hacer? ¿Darnos el culo todas las noches y masturbarnos solas? ¡Ah! ¡Mierda! ¿No es cierto, Titine?

—¡Sí, puerca! —dice Christine, dándole una palmada en el culo.

Diálogos

1

MARGOT — 15 años
ZIZI — 11 años y 1/2
hermanas.

ZIZI. — ¿Eres Tú, Margot? ¡Las nueve de la mañana! ¿No te da vergüenza volver a estas horas? ¡Menudo putón descocado!

MARGOT. — ¡Desde luego que no me da vergüenza! ¿Dónde está mamá?

Z. — En el mercado.

M. — ¿Qué ha dicho cuando ha visto que no había llegado?

Z. — Que le dirá a tu padrino que te zurre la badana.

M. — ¿Crees que se lo dirá? Traigo dos monedas de cinco francos.

Z. (con admiración.) — ¡Oh...! ¡Puerca! ¿Cómo te las has arreglado?

M. — ¡Eh...! ¡Eh...! ¡Ya te gustaría a ti saber cómo me las he arreglado! ¡Ve y hazte una paja!

Z. (mimosa.) — Pero tú me lo contarás, ¿verdad, Margot?

M. — Sí, para que la próxima vez que te pellizque

en la cama para que me lamas, vuelvas a decirme que tienes sueño.

Z. — No, te haré todo lo que quieras.

M. — Prométeme que me lo harás durante ocho noches seguidas cuando mamá se quede frita. Si no, no suelto prenda.

Z. — Prometido.

M. — Bien, pero pobre de ti si no cumples tu promesa.

Z. — Cuéntame, venga... Te fuiste a las ocho. ¿Y después?

M. — ¿Después? Marie la Florista me estaba esperando abajo.

Z. — ¿Marie? ¡Vaya! Pues si te has acostado con Marie, ¿para que necesitabas que yo te diera lengüetazos en el culo? Ésa es una experta.

M. — Espera. Era demasiado temprano para meterse en la cama, así que nos fuimos a pasear. Ella no paraba de decir tonterías... ¡Si hubieras oído las guarradas que soltaba! Antes de haber dado seis pasos, yo ya estaba completamente mojada.

Z. — ¿Qué tonterías decía?

M. — ¡Oh! Bueno... me preguntaba cosas de este tipo: «¿Qué chica es la que sólo tiene un agujero y se queda completamente desnuda en la calle para mear por encima de su cabeza?». ¿A que no lo sabes?

Z. — No. ¿Quién es?

M. — ¡La polla, gili! (Se ríe.)

Z. — ¡Ah...! (También se ríe.)

2

—Albertine, ahora que estamos solas, cuénteme lo que sucedió ayer en mi ausencia.

—Sí, señora. Es increíble.

—¿Usted sabe por qué la saqué del burdel para que se ocupara de mis hijos? Pues porque hay infinidad de cosas que la decencia me impide hacerles yo misma; pero deseo que sean felices, y como están muy excitados, pobres pequeños...

—¿Pobres pequeños? ¡No tan pequeños! El señorito Jean tiene quince años, la señorita Loute tiene catorce...

—Y Tototte tiene doce. Lo que yo digo, unos bebés. ¿Dónde podría encontrar usted una casa en la que se haga la vista gorda a las maquinaciones de niños de esa edad? No todas las madres son tan liberales como yo. Pero veamos, cuénteme. Quiero saberlo todo.

—Bien, cuando entré en la habitación ya habían empezado. La señorita Loute se hacía ensartar por su hermano.

—¿Y cómo se colocaba?

—A lo perrita.

—¿A lo perrita? ¡Ah, la muy puerca!

—¡Pues sí! Me quedé impresionada cuando los vi tan atareados. El señorito Jean está muy bien dotado. ¡Qué pequeño monstruo! Si yo tuviera siempre algo tan largo en el culo, no llevaría una vida tan perra.

—¡A quién se lo dice!

—Pues bien, señora, tengo que decirlo: a pesar de los seis meses que pasé en el burdel, si alguien entra-

ra en mi habitación mientras estoy jodiendo, sentiría vergüenza y me escondería.

—¿Y mi hija no se escondió?

—¿Ella? Todo lo contrario, señora. ¡Empezó a gozar! ¡Y meneando el culo! ¡Había que verla! Gritaba: «¡Toma, amor mío! ¡Toma, me estoy corriendo...!».

—¡Mujer! Si se estaba corriendo, ¿no pretendería usted que lo dejara para rendirle cuentas?

—Yo no digo eso, pero de cualquier modo resulta curioso. Para la edad que tiene, no siente ninguna vergüenza. Y lo más fuerte es que el señorito Jean sacó la polla del coño más tiesa que el brazo, diciendo que se había aguantado para acabar en mi boca.

—Supongo que le diría que sí...

—Me hice la remolona para reírnos y excitarlo. Entonces, los tres la emprendieron conmigo, me derribaron sobre la cama, el señorito Jean me metió el rabo entre los dientes y, un instante después, ya me estaba tragando mi vasito de semen bien caliente; ni siquiera me dejaron escupir.

Índice

Introducción 7

La isla de las Damas 19
Primera parte 23
Segunda parte 116

Otros textos 133
La Muestra 135
Christine 142
Diálogos 154

Colección «Narrativa»

Ir tirando
Philip K. Dick

Diario íntimo de Sally Mara
Raymond Queneau

La pequeña isla
Louis Auchincloss

El misterio de la sardina
Stefan Themerson

En el verano
Elizabeth Taylor

Ataques espirituales
Melissa Pritchard

Amigas
Fay Weldon

El lugar de la estrella
Patrick Modiano

El huevo de Barba Azul
Margaret Atwood

ALCOR
literatura
arte e imagen

Colección «Las otras culturas»

Obras de Naguib Mahfuz:

El callejón de los milagros
Hijos de nuestro barrio
Entre dos palacios
Palacio del deseo
La azucarera

Buckingham Palace,
Distrito Sexto
Richard Rive

La primera mujer
Nedim Gürsel

Jagua Nana
Cyprian Ekwensi

Noche de índigo
Satyajit Ray

El fuego de los orígenes
Emmanuel Dongala

Hadriana
en todos mis sueños
René Depestre

Crepúsculo en Delhi
Ahmed Alí

ALCOR
literatura
arte e imagen

Colección «Arte e Imagen»

Historia de la fotografía
dirigida por Jean-Claude Lemagny y André Rouillé

El cine negro americano
François Guérif

ALCOR
literatura
arte e imagen